Tucker Shaw

Cyril

oder:

Wie schmeckt die Liebe?

Tucker Shaw

Cyril oder: Wie schmeckt die Liebe?

Aus dem Amerikanischen
von Ulla Höfker

Arena

Für Großpapa.
Wir hoffen, du hältst wieder Hof in der Küche, wenn wir uns das nächste Mal sehen.

Herzlichen Dank an
Judy Goldschmidt, Ben Schrank und Eloise Flood;
an Alessandra Balzer, an Josh Bank und Leslie Morgenstein;
an Lauren Monchik, Jennifer Blanc und Amy Beadle.
Mein Dank gilt auch Susan Kaplow und allen am Alloy.
Vielen, vielen Dank Jorge, Danny und Luiz.

Die Originalausgabe erschien 2003 unter dem Titel
»Flavor of the week« bei Hyperion, New York

In neuer Rechtschreibung

1. Auflage 2004

Aus dem Amerikanischen von Ulla Höfker
Einbandillustration: Joachim Knappe
Gesamtherstellung: Westermann Druck Zwickau GmbH
ISBN 3-401-05637-9

Inhalt

Küchentisch-Kekse

»Du brauchst dir wirklich keine Sorgen zu machen, Mom. Bis Mitternacht sind sie alle wieder weg«, sagte Cyril Bartholomew. Und hoffte, dass es stimmte. »Es kostet so gut wie nichts und außerdem habe ich heute meinen Lohn bekommen. Okay?«

»Na gut«, sagte Mrs Bartholomew. »Du, ich werde in die Notaufnahme gerufen, ich muss los.« Sie legte auf und Cyril machte sich wieder an die Arbeit. Er musste eine Party vorbereiten für Rose Mulligan, das Mädchen, das er liebte.

Rose und er arbeiteten in der Schule im Biologielabor an einem Tisch und sie war das schönste Mädchen auf diesem Planeten. Cyril war bis über beide Ohren verknallt in sie. Er hätte sich für sie von den Klippen gestürzt. Sogar aufs Essen verzichtet. Sie wusste es nur nicht. Noch nicht.

Er ließ einen rohen Teigkloß auf der Zunge zergehen und schmeckte genüsslich das süßliche Butteraroma. Dann schob er das Blech mit den akkurat aufgereihten Keksen in den alten Backofen und wünschte, er kochte *tatsächlich* für Rose. In Wirklichkeit kochte er für Roses Freundin Jamie und zwanzig oder dreißig von deren engsten Freunden. Jamie hatte Geburtstag und Cyril hatte angeboten bei sich zu Hause eine Party für sie steigen zu lassen – alles nur, um mehr Zeit mit seiner Angebeteten verbringen zu können. Würde Cyril tatsächlich für Rose kochen, gäbe es nur ein Menü für zwei und keine Küchentisch-Kekse. Er würde ein elegantes, romantisches Dinner vorbereiten mit Kerzen und allem Drum und Dran. Und er würde es Aphrodisia nennen. Aphrodisia würde mit eiskalten, frisch geöffneten Austern beginnen, die fleischig und fest in ihren Schalen lagen. Auf den Austern säße jeweils ein kleiner Klacks Meerrettich und sie glänzten, weil er frisch gepressten Zitronensaft darüber geträufelt hätte. Halt, stopp! Keine Austern. Rose – Gott bewahre ihr ihr liebenswertes, Müsliriegel knabberndes, Patschuli-Klamotten tragendes, von Friede, Liebe und Verständnis geprägtes Wesen – war Vegetarierin. Aphrodisia würde also mit einer mild-süßen, mit Gewürzen überstäubten Feigenplatte beginnen. Danach goldbraune Brotfladen mit pikanten Dips, Soßen und Aufstrichen. Es gäbe mit geschmolzener Butter überzogene Artischocken und als Nachspeise köstliche, zarte Pralinen aus geschmolzener Schokolade. Der Duft von Vanille, Ingwer und Muskat läge bei bernsteinfarbenem Licht in der Luft wie Musik. Und nach dem Essen würden ihre vollen Lippen so süß schmecken wie . . .

Dazu kam Cyril nicht mehr. Die Küchenuhr in Form eines Hühnereis klingelte, bevor er und Rose sich küssen konnten. Cyril öffnete die Augen und strich sich eine blonde Haarsträhne aus dem Gesicht. Heute ging es nicht um Aphrodisia. Die Aussichten, dass er jemals ein solches Dinner zubereiten würde, waren in

Wirklichkeit mehr als gering. Gewichtige Gründe sprachen dagegen – nämlich seine 105 Kilo, die er auf die Waage brachte. Sicher, er und Rose waren befreundet. Aber sie spielte in einer ganz anderen Liga.

Als Cyril gerade das nächste Blech mit Teighäufchen belegte, hörte er an der Hintertür jemanden rufen.

»Cyril?« Es war Rose! Cyrils Herz begann wild zu hämmern. Während er zur Tür lief, klopfte er Mehl von seiner Jeans.

»Hey, du bist aber früh dran!« Er stieß die Fliegengittertür auf und sie quietschte und ächzte wie jede anständige Fliegengittertür im Staat New York. Rose trat über die Schwelle, das Haar locker zu einem Pferdeschwanz zusammengebunden. In den Händen hielt sie ihre Autoschlüssel und ihr Handy und auf den Armen balancierte sie einen großen Karton mit der Geburtstagsdekoration.

»Alles paletti?«, begrüßte sie ihn atemlos. Die Brille war ihr auf die Nase gerutscht und sie war noch nicht ganz durch die Tür, als sie sich schon wieder umdrehte. »Simon! Garfunkel! Hierher, Jungs!« Augenblicke später drängelten sich ihre beiden Cockerspaniels an ihr vorbei in die Küche, wobei ihre Krallen auf den Steinfließen klickten. »Ich liebe Geburtstagspartys! Ich bin so froh, dass ich Jamie doch noch rumgekriegt habe und wir jetzt eine für sie schmeißen dürfen. Sie sei dieses Jahr nicht in Partystimmung, meinte sie, aber darauf darf man nichts geben. *Jeder* will eine Party an seinem Geburtstag!«

Rose stellte den Karton auf den Küchentresen, schob

die Brille auf ihrer hübschen Nase nach oben und zog mit geübtem, schnellem Griff den kastanienbraunen Pferdeschwanz stramm. Cyril hatte das Gefühl, einem Mädchen gegenüberzustehen, das sich soeben in eine Göttin verwandelt hatte.

»Was meinst du? Du magst doch auch Partys, oder?«, fragte die Göttin.

Cyril lächelte und die Schmetterlinge in seinem Bauch flatterten wie verrückt. Er träumte gelegentlich von ihrem Pferdeschwanz. Er konnte ihr stundenlang zuschauen, wie sie ihren Pferdeschwanz stramm zog. »Klar«, antwortete er, auch wenn er sich nicht sicher war, wie die Frage gelautet hatte.

»Dann sind wir uns einig: Sie braucht eine Party.« Rose schloss die Augen und atmete übertrieben tief ein. »Hmm. Wonach riecht's denn hier?« Sie strich sich das gebatikte T-Shirt glatt, eines von Cyrils Lieblings-Shirts. Aber im Grunde gefiel Cyril alles, was sie trug. »Äh, also, nach Keksen.« Cyrils Augen huschten von Roses Clogs zu seinen eigenen blauen Converse-Turnschuhen. »Ich, also, ich pass auf sie auf. Für meine . . . äh . . . Mutter.«

Gerade noch mal davongekommen, Bartholomew.

Roses klare braune Augen lächelten schon einen Augenblick vor ihrem Mund. »He, nimm mich nicht auf den Arm! Weißt du überhaupt, was der Anblick eines Jungen in der Küche bei einem Mädchen auslöst?« Cyril war hin und weg. Wie sie strahlte! Andererseits hätte er sich in den Hintern treten können, weil er nicht eher mit den Keksen angefangen hatte. Er wollte nicht, dass andere von seinem Hobby erfuhren. Nicht dass er sich deswegen geschämt hätte. Seit Jahren machte es ihm viel Spaß, seine Familie zu bekochen. Seit er 13 war, betraten andere Familienmitglieder kaum noch die Küche. Das war Cyrils Reich. Er hatte vor sich am legendären *American Institute of Culinary Arts* – kurz AICA – zum Koch ausbilden zu lassen, der strengsten, schwierigsten, mörderischsten und besten Schule für Köche im ganzen Land, die zufällig gerade am anderen Ende der Straße lag. Es war nur so, dass er außerhalb seiner Familie nur ungern übers Kochen redete, weil das Thema entschieden zu dicht bei einem anderen Thema lag: seinem Gewicht. Und darüber wollte Cyril auf keinen Fall sprechen.

Zum Glück begann in diesem Moment Roses Handy zu vibrieren; es hoppelte dabei über den Küchentresen und wäre fast auf den Boden gefallen. Rose bekam es gerade noch zu fassen und schaute auf das Display. »Das ist Jamie«, murmelte sie. »Hoffentlich flippt sie nicht wieder wegen der Party aus.« Sie hob das Handy ans Ohr. »Hallo?«

Cyril beobachtete Rose, wie sie versuchte zu Wort zu kommen, doch ihr Beitrag zu dem Gespräch bestand lediglich aus: »Oh nein . . . das tut mir echt Leid, Jamie . . . Er ist ein Armleuchter, vergiss ihn . . . Nein, verstehe. Ist schon okay . . . Natürlich bin ich dir nicht böse . . . Ja . . . Okay, wir reden später noch einmal darüber . . . Tschüss.« Sie schaltete ihr Handy ab und verdrehte die Augen. »Ich fasse es nicht! Jetzt habe ich Gott und die Welt eingeladen und dieser Armleuchter, mit dem sie zusammen war, *Alfred von Vassar* – wenn ich schon den Namen höre: Alfred! – dieser Armleuchter Alfred lässt sie an ihrem Geburtstag sitzen – genau deshalb will ich mit Jungs nichts mehr zu tun haben, weil es nämlich immer so endet – und nun will sie keine Geburtstagsparty mehr.«

»Und was machen wir jetzt?« Die Party interessierte Cyril ja nicht sonderlich, aber er hatte sich darauf gefreut, den ganzen Nachmittag und Abend mit Rose zu verbringen. Selbst wenn sie mit Jungs nichts zu tun haben wollte.

»Ich fasse es nicht! *Alfred von Vassar!*«

Cyril hätte tagelang zuhören können, wie Rose in diesem spöttischen Singsang-Ton »Alfred von Vassar« flötete.

»Sie sagt, sie packt es nicht.« Rose zeigte dem Handy den Stinkefinger. »Ich hasse ihn!« Cyril nahm an, sie meinte Alfred, nicht ihr Handy.

Ach, süße, unberechenbare Rose. Das Mädchen, das eine Minute zuvor noch gestrahlt hatte, sank jetzt auf die Couch, kraftlos, als hätte jemand den Stecker herausgezogen. Ihr Licht war erloschen und Cyril wollte es gern wieder anzünden. »Rose?«

»Ich rufe jetzt wohl besser alle Leute an und sage die Party ab.« Sie schaute Cyril an, klimperte mit den Wimpern und verdrehte ihre wunderschönen Augen. Dann griff sie nach dem Handy.

»Warte.« Er strich sich übers Kinn. »Ruf nicht an. Schau, meine Mutter hat ihre Friedhofsschicht im Krankenhaus bereits angetreten und mein Vater ist ohnehin nie daheim. Und du hast schon die hübschen Pappbecher gekauft. Es ist Party-Time, Rose. Wir machen einfach eine Party-Party daraus, anstatt eine Geburtstagsparty für Jamie.«

»Meinst du?« Das Licht flackerte, aber Rose klang noch unsicher. Sie stand auf und kam zu Cyril herüber.

»Klar. Warum nicht?«

»Du hast Recht. Warum sollen wir keine Party feiern. Cyril, ich könnte dich küssen!« Und bevor er wusste, wie ihm geschah, nahm sie seinen Kopf zwischen die Hände und tat es – mitten auf den Mund. »Du bist Spitze!«

Cyril riss die Augen auf. Er spürte, wie er dunkelrot wurde.

»Magst du einen Keks?«, fragte er. Mehr sagte er nicht, aus Angst, seine Stimme könnte versagen. *Gerade noch mal davongekommen.*

Doch bis er einen Keks holen konnte, schlug die Hintertür quietschend zu und Rose war schon halb bei ihrem Wagen. Lachend rief sie: »Ich muss mich umziehen. Wir sehen uns später!«

Es gelang ihr, immer einen Schritt vor den Hunden zu bleiben, die sich in ihrem Lichtschein ankläfften.

Küchentisch-Kekse

- 1¾ Tassen Mehl
- 1 Päckchen Backpulver
- ½ Teelöffel Salz
- 220 g weiche Butter
- 1¼ Tassen brauner Zucker
- ¼ Teelöffel frisch gemahlene Muskatnuss
- 2 große Eier
- 2 Teelöffel Vollmilch
- 3 Teelöffel natürlichen Vanille-Extrakt. Niemals künstlichen!
- 2 Tassen Haferflocken
- 1 Tasse halbbittere Schokoladenflocken
- 1–2 Tassen Rosinen, Kokosflocken, Walnüsse, Smarties oder was dir sonst so einfällt

1. Heize den Ofen auf 190° vor.
2. Vermische Mehl, Backpulver und Salz in einer mittelgroßen Schüssel.
3. Schlage die Butter und den Zucker in einer großen Schüssel mit dem Rührgerät auf mittlerer Schaltstufe etwa 2 Minuten schaumig.
4. Schlage mit einer Gabel in einer kleineren Schüssel die Eier auf.
5. Gib Muskatnuss, Eier, Milch und Vanille-Extrakt zu der Butter und verrühre alles auf mittlerer Schaltstufe 1 Minute lang, bis die Masse eine einheitliche Farbe und Konsistenz aufweist.

6. Jetzt gibst du das Mehl zur Buttermischung und rührst es auf mittlerer Schaltstufe unter.
7. Nun werden die leckeren Bestandteile untergehoben: Haferflocken, Schoko- und Kokosflocken, Nüsse usw. Dabei vorsichtig vorgehen! Den Teig nicht überstrapazieren, eher etwas zu wenig als zu viel rühren.
8. Setze jeweils einen gehäuften Teelöffel Teig auf ein mit Backpapier ausgelegtes Blech.
9. Auf der mittleren Schiene 9–10 Minuten backen. Immer ein Blech nach dem anderen backen, damit die Kekse schön gleichmäßig werden. So dauert es zwar länger, aber es ist die Mühe wert. (Und es bedeutet, rechtzeitig anfangen, wenn du nicht auf frischer Tat ertappt werden willst.)
10. Lass die Kekse 1–2 Minuten auf dem Blech auskühlen, bevor du sie auf ein Kuchengitter setzt.
11. Iss sie. Sollten welche übrig bleiben, bewahre sie in einer gut verschlossenen Dose bei Zimmertemperatur auf.

Rhabarber-Eistee

»Du meinst, es kommen noch mehr? Hast du die Party ins Internet gestellt, oder was?« Cyril machte Witze, aber er staunte nicht schlecht. Er hatte noch nie so viele Leute in seinem Garten gesehen. Es war erst halb zehn, aber schon mindestens 35 Schüler der New Hyde Park High School schwirrten herum, schlürften an diesem herrlichen Septemberabend Eistee und mampften Stangenweißbrot und Hähnchenflügel.

»Na ja, nicht ganz.« Rose nippte an ihrem Eistee und lächelte Cyril über den Picknicktisch hinweg an. »Aber ich habe an sämtliche Leute, die ich in meinem Adressbuch stehen hatte, Einladungen verschickt.«

Cyril erwiderte das Lächeln und nickte dabei. »Das erklärt die Sache. Du hast das dickste Adressbuch der ganzen Schule. Du bist der einzige Mensch, den ich kenne, der mit den angesagten Leuten befreundet ist, mit den Verlierern *und* den Außenseitern. Ohne dich wäre ich wahrscheinlich nie im Leben auf derselben Party gelandet wie Brandon Keifler.«

Rose zog scharf die Luft ein. »Er ist da? Wie kann er nur! Ich habe ihn nicht mal eingeladen.« Brandon Keifler war der muskelbepackte, Lederjacken tragende, zum Popper mutierte Schwachkopf, der Rose zwei Wochen zuvor das Herz gebrochen hatte.

»Kommt er in meine Richtung?«, fragte sie. »Hätte ich nur nicht meine Brille aufgesetzt.«

»Noch nicht. Und das mit der Brille siehst du falsch. Ich finde, sie steht dir ausgezeichnet«, antwortete Cyril und meinte es auch so.

»Ehrlich?« Rose lächelte und setzte die Brille wieder auf. »Das finde ich auch, aber sonst kann keiner verstehen, warum ich sie trage. Jamie sagt immer, ich sollte sie gegen Kontaktlinsen eintauschen.« Sie ließ den Blick über die Menge gleiten. »Und jetzt kein Wort mehr über Brandon. Lass uns lieber über das Essen reden. Wo hast du das überhaupt alles hergezaubert?«, wollte sie wissen. »Alle Welt lobt die Kekse.«

»Ach ja? Magst du einen?« Cyril schob einen Teller mit einem Berg Küchentisch-Kekse in Roses Richtung.

»Jetzt nicht. Ich habe noch dieses nervöse Partyflattern in der Magengegend. Vielleicht später. Aber sag deiner Mutter oder wer immer sie gemacht hat, schönen Dank.«

Cyril nahm sich einen Keks, worauf sein Mund zu voll war, um die Wahrheit sagen zu können. Rose trank noch einen Schluck von ihrem Eistee. »Was ist in dem Tee?«, fragte sie. »Er ist einfach köstlich.«

»Ich glaube, es ist Rhabarber«, erwiderte Cyril.

»Nein, Rhabarber ist es nicht.« Rose nahm noch einen Schluck. »Ich glaube eher Himbeere oder so. Hey, hast du Jamie gesehen?«

»Also, ich bin ziemlich sicher, dass es –« Cyril biss sich auf die Zunge. Er konnte sie nicht korrigieren, ohne sich zu verraten. Wer hätte gedacht, dass lügen so schwer ist? »Ich bin ziemlich sicher, dass *sie* mit Trent Dufresne zusammen ist.«

»Ausgeschlossen! Wie gut, dass wir keine Geburtstagsparty für sie organisiert haben. Dass sie *Alfred* so schnell vergisst, hätten wir auch wieder nicht gewollt.« Lachend schüttelte Rose den Kopf. Es machte ihr nichts aus, dass Jamie etwas – wie sagt man doch gleich? – flatterhaft war. Für sie war eine Freundin eine Freundin. »Wo sind sie?«

»In deinem Wagen, glaube ich.«

»*Was?*« Rose überlegte, nippte am Tee. »Na ja, schön für sie. Trinken wir auf Jamie!«

»Auf Jamie«, wiederholte Cyril.

Sie ließen die Eisteegläser klingen, dann fuhr Rose fort: »Ich weiß nicht, was sie an ihm findet. Ich weiß nicht, was sie generell an Jungs findet. Ich persönlich habe die Schnauze voll von ihnen. Zumindest für die nächste Zeit. Sie sind das Letzte.« Rose tat so, als müsse sie sich übergeben, dann schaute sie Cyril an. »Anwesende Gesprächspartner ausgenommen, versteht sich. Ich rede von Ausgehfreund-Typen, nicht von Kumpelfreund-Typen. Nicht von dir, Cyril.«

Allein der Klang ihrer Worte ließ Cyrils Magen einen Salto schlagen. Aber das durfte Rose auf keinen Fall wissen. Er musste cool bleiben. Zum Glück gab es im Moment Wichtigeres.

»Oh, wenn man vom Teufel spricht . . .«

»Sag, dass es nicht wahr ist!« Jetzt sah es so aus, als würde Roses Magen einen Salto schlagen.

»Doch.« Cyril senkte verschwörerisch die Stimme und runzelte gleichermaßen verschwörerisch die Augenbrauen. »Es ist der, dessen Name nicht genannt werden darf.«

»Nein!« Rose ließ den Kopf auf den Tisch sinken. »Reicht es nicht, dass er hier ist? Muss er auch noch rüberkommen und mich anquatschen?«

Bevor einer von ihnen weiterreden konnte, stand Brandon auch schon am Tisch. Eine nicht identifizierte Blondine mit Glitzerhaar und Glitzerlippen hing an seinem Arm und schaute ungemein dankbar zu ihm auf. Cyril fragte sich, ob sie wohl dachte, Brandon hätte gerade ihr Volk in die Freiheit geführt oder etwas Ähnliches.

»Hi, Rose.« Für seine körperlichen Ausmaße war seine Stimme entschieden zu blechern und hoch. Das passierte, wie Cyril aufgefallen war, einer Menge Typen, die zu viele Gewichte stemmten, und er empfand eine gewisse Befriedigung dabei.

Rose hob den Kopf und lächelte gequält zurück. »Hi.« Dann wandte sie sich an seine Begleiterin. »Ich bin Rose.« Ohne dem Mädchen die Hand zu reichen, drehte sie sich zu Cyril um. »Cyril, ich schau mal nach Jamie.« Damit stand sie auf, rückte ihren Pferdeschwanz zurecht und verschwand auf direktem Weg Richtung Haus.

Cyril wandte sich an Brandon und seine Begleiterin. »Nehmt euch von den Keksen, bevor sie alle sind«, sagte er und folgte Rose, ein Glas Eistee in jeder Hand.

Rose ging gerade um das Haus herum zur Shingle Camp Hill Road, als Cyril sie einholte.

»Rose! Warte!« Er klang außer Atem. »Alles in Ordnung?«, fragte er und stieß schwer die Luft aus, während er sich ihrem Schritt anpasste.

»Ach, ist nicht so wichtig. Mir geht's nur nicht so gut, wenn ich Brandon Keiflers Gesicht sehen muss.« Rose ging weiter die Straße hinunter.

»Wie kann es jemand gut gehen, wenn Brandon Keifler vor ihm steht? Ich kann ihn bis hierher riechen, obwohl er hinter dem Haus ist.« Rose kicherte, als Cyril ihr das Teeglas reichte. »Mademoiselle, Ihr Tee.«

»Das Mädchen hat ein bisschen zu viel Glitzer abbekommen«, meinte Rose.

»Sie sieht aus wie ein wandelndes Poesiealbumbildchen«, sagte er.

Rose liebte es, wenn Cyril ihrer Meinung war. Dann blitzten seine blauen Augen noch blauer.

»Sie sieht aus wie das Vorher-Bild für eine Anti-Schmink-Kampagne«, setzte sie noch einen drauf.

»Genau die Richtige für Brandon.«

Wäre Cyril nicht Cyril gewesen, hätte Rose vielleicht nicht so ohne weiteres mit ihm über Brandon gelästert. Jungs neigten dazu, Mädchen für gehässig anstatt für menschlich zu halten, wenn sie lästerten. Als ob Jungs nie lästerten! Aber Cyril war so verständnisvoll. Er hatte einfach das gewisse Etwas.

Rose drückte seinen Ellbogen. »Warum gibt es nicht mehr Jungs von deiner Sorte?«, fragte sie.

Cyril antwortete nicht; er schien dem Gebell eines Hundes zu lauschen.
»Ausgeschlossen«, murmelte er, drehte sich rasch um und schaute die Straße hinunter. »Mandy?« Kopfschüttelnd wandte er sich wieder Rose zu. »Entschuldige, ich dachte, ich kenne das Bellen. So bellte der Hund, der früher hier wohnte. Aber sie kann es nicht sein. Was hast du gesagt?«
Bevor Rose antworten konnte, sprang ein großer, schöner schokoladenbrauner Labrador hinter den geparkten Autos hervor und setzte sich mit wedelndem Schwanz und wedelnder Zunge auf Cyrils Füße.
»Mandy?« Cyril kniete sich hin und stützte sich mit einer Hand ab. »Mandy! Was machst du denn hier?« Er richtete sich wieder auf. »Das ist wirklich seltsam. Es ist tatsächlich Mandy. Sie wohnte früher hier in der Straße. Ich dachte, sie sei mit Nick nach New York gezogen.«
Rose verliebte sich sofort in Mandy. Die war aber auch zu schön. Rose kauerte sich neben sie und streichelte ihren Hals. »Du bist ein toller Hund! Simon und Garfunkel würden dich *lieben.*« Sie kraulte Mandy hinter den Ohren und schaute zu Cyril hoch. »Wer ist Nick?«
»Ach, ein Typ, der mal nebenan wohnte. Er war so was wie mein bester Freund.«
»So was wie dein bester Freund? Aber du hast nie ein Wort über ihn verloren.«
Cyril war plötzlich unbehaglich zu Mute. »Na ja, also, er ist vor zwei Jahren zu seinem Onkel nach Manhat-

tan gezogen, ohne sich zu verabschieden, und ich wusste nicht recht, was los war. Ich wusste, dass sein Vater nach England gegangen war und dort als Schickimicki-Anwalt arbeitete und dass seine Mutter die ganze Sache ziemlich mitgenommen hat. Ich nahm an, er wollte vielleicht nicht darüber reden.«

»Ihr habt nie darüber gesprochen?«, fragte Rose ungläubig.

»Seine Mutter hackte ständig auf ihm herum. Ich wollte nicht noch jemand sein, der ständig auf ihm herumhackt, verstehst du?«

Rose verstand es nicht, wenn sie ehrlich war. Vielleicht war es etwas Mädchentypisches, aber falls Jamie je die Stadt verlassen würde, ohne sich zu verabschieden, wäre Rose außer sich. Ein weiterer Beweis dafür, dass Mädchen und Jungs wahrscheinlich nie für ein Zusammenleben bestimmt waren.

Als ein herannahender Schatten sich in einen Jogger verwandelte, wurde Rose gezwungen aus ihren Gedanken aufzutauchen.

»Mandy!«, brüllte der Jogger, als er in das Licht der Straßenlaternen trat. »Mandy! Hierher, Mädchen.«

»Wer ist das?«, fragte Rose, als Mandy bellte.

»Ich glaub's nicht«, murmelte Cyril. »Das ist Nick.«

Der Jogger, der kein Schatten mehr war, war inzwischen fast bei ihnen angelangt. Bei jedem langsamer werdenden Schritt gab seine Trainingsjacke dieses typische Ritsch-Ratsch-Geräusch von sich. »Hey, Mann«, rief er und zog Cyril in seine Arme.

»Guter Gott, ist das lange her!«

Guter Gott war richtig. Der gute Gott musste diesen herrlichen Ein-Meter-achtzig-Mann mit seinen bloßen Händen erschaffen haben. Er war ein Traum. Atemberaubend. Wahnsinn. Und er hatte blaue Augen, Roses Lieblingsfarbe. Und dichtes braunes Haar, das ihm fast bis zu den Schultern reichte. Ebenfalls etwas, das Rose gut gefiel.

Cyril befreite sich nur so lang aus Nicks Griff, um ihn richtig anschauen zu können, dann zog er ihn wieder an sich. »Guter Gott!«

»Du wiederholst dich«, sagten Rose und Nick gleichzeitig. Dann lachten sie im selben Moment los. Rose verschaffte sich so schnell und so unauffällig wie möglich einen ersten Eindruck von Nick.

»Cyril?«, fragte sie dann. Ihre Augen hingen an Nicks Gesicht. »Willst du uns nicht vorstellen?«

»Oh, natürlich. Rose Mulligan – Nick Garbacchio.« Cyril sprach so schnell, als würde er für Geschwindigkeit bezahlt. »Mann, was machst du hier?«

»Hallo, Rose«, sagte Nick. »Freut mich, dich kennen zu lernen.«

»Mich auch, Nick«, erwiderte Rose und gab ihm die Hand. Sie spürte, wie sie rot wurde, und hoffte nur, dass es schon so dunkel war, dass Nick es nicht mehr merkte.

»Wir haben uns noch nie gesehen, oder?«, fragte er. Er hielt immer noch ihre Hand und Rose betete, er möge nie mehr loslassen.

Sie lachte. »Wir sind vor zwei Jahren hierher gezogen, aber mir erscheint es schon wie eine Ewigkeit.« Sie

klimperte mit den Wimpern, was völlig daneben war, aber sie schaffte es einfach nicht, sich normal zu verhalten.
»Dann habt ihr zwei euch also noch nie getroffen«, stellte Cyril lakonisch fest.
Warum ist er nur so ungeduldig?, fragte sich Rose. Sollte er ihr nicht eigentlich dabei helfen, seinen Freund kennen zu lernen? Andererseits war Rose in letzter Zeit auf Jungs nicht sonderlich gut zu sprechen gewesen. Wenn er sie jetzt von Nick fern halten wollte, *war* das vielleicht seine Art, ihr zu helfen. Dem Himmel sei Dank für Cyril und seinen kühlen Kopf.
»Was treibst du hier, Nick? Was ist los? Wie lange bleibst du? Wieso hast du plötzlich angefangen zu joggen?«, erkundigte sich Cyril.
»Ach, das. Ich trainiere jetzt für das Cross-Country-Team.« Nick hielt immer noch Roses Hand und Rose ließ es immer noch zu. »An der New Hyde Park High School. Ich bin etwas spät dran, aber am Montag ist mein erster Schultag dort.«
»Was? Wovon redest du? Und was ist mit New York?«, fragte Cyril.
»Ich rede davon, dass ich wieder hier wohne. Ich bin wieder da!« Nick schaute Cyril an. »Wir sind wieder Nachbarn, Mann!« Er ließ Roses Hand los und packte Cyril an den Schultern. »Genau wie früher! Super, was?«
»Mann, das ist klasse!«
Und ob das klasse ist, dachte Rose.

Mit den Händen auf Cyrils Schultern schaute Nick zu Rose hinüber. »Gehst du auch auf die New Hyde?«

»Ja«, sagte Rose.

Nick grinste. »Dann hoffe ich, dass wir ein paar Fächer gemeinsam haben.«

»Ich auch«, erwiderte Rose und hoffte außerdem, er möge ihre Hand wieder in seine nehmen. Er tat es nicht. Aber Cyril lud ihn zu der Party ein und er nahm die Einladung an. Vielleicht war dann ja später noch Zeit, um ein bisschen Händchen zu halten.

In diesem Augenblick kam Jamie auf die drei zu. Sie sah sexy aus wie immer; ihre glänzenden schwarzen Locken wippten bei jedem Schritt auf und ab. Rose konnte sich nicht erinnern, jemals so unglücklich über ihr Auftauchen gewesen zu sein.

»Jamie!«, rief Cyril und seine Stimme überschlug sich fast. Rose hatte noch nie erlebt, dass er auf Jamie so enthusiastisch reagierte. »Wo warst du?«

»Nirgendwo Besonderes.« Jamie grinste und rieb sich die Mundwinkel. »Aber Trent lässt grüßen.« Sie stopfte ihr Waffel-Shirt mit dem Logo der Harley's Angels in ihre hüfthohe Jeans und lächelte Nick an. Rose hätte schwören können, dass sie dabei die Brust herausstreckte. »Ich bin Jamie. Wer bist du?«, fragte sie und hielt ihm die Hand hin.

»Ich bin Nick. Hübsches T-Shirt.«

Hält er jetzt ihre Hand?

»Danke«, erwiderte Jamie und musterte Nick von oben bis unten. »Hübsche Beine. Was machst du? Laufen oder was?«

Okay, Kleine, jetzt reicht's.

Rose verstand die Welt nicht mehr. Es waren gerade mal zwei Wochen her, seit Brandon ihr den Laufpass gegeben hatte, zwei Wochen, seit sie beschlossen hatte sich erst mal eine Weile von Jungs fern zu halten. Und jetzt überschlug sie sich fast schon wieder wegen einem, den sie vor gerade mal zwei Minuten kennen gelernt hatte. Sie brauchte dringend eine Auszeit.

»Jamie, kann ich dich mal einen Augenblick sprechen?«, fragte sie, wobei sie sich bemühte so normal wie möglich zu klingen. »Auf der Toilette?«

»Klar, Rosie.« Jamie runzelte die Stirn. »Wo liegt das Problem?«

»Es gibt keines, ich muss nur mit dir reden. Bist du fertig mit Trent?«

»Rosie, selbst wenn ich nicht fertig wäre mit ihm, weißt du genau, dass ich ihn wegen dir in die Wüste schicken würde.« Jamie legte den Arm um Rose.

»Hm, also, Leute . . . ich störe in einem so bedeutungsvollen Moment ungern, aber es ist eine Party im Gange«, sagte Cyril. »Sollen wir?« Er wies Richtung Haus.

»Wir sollen, Cyril.« Rose lächelte ihn an, dann fasste sie Jamie am Arm. »Ich muss Jamie nur etwas fragen, danach ist wieder Party-Time.«

»Was willst du mich fragen?«, erkundigte sich Jamie, nachdem sie ein paar Schritte gegangen waren.

Rose wartete mit der Antwort, bis sie im Bad waren. Sie klappte den Klodeckel herunter und setzte sich darauf.

»Jamie, ich bin völlig durch den Wind. Ich weiß nicht,

ob es daran liegt, dass ich gerade Brandon gesehen habe ...«

»Oder daran, dass dieser Nick so verdammt süß ist«, unterbrach Jamie sie und setzte sich auf den Waschbeckenrand.

An der Art und Weise, wie Jamie die Beine hin und her schwang, merkte Rose, dass die Freundin bereit war den wunderbaren Nick von seinem Sockel herunterzuholen, doch das wollte Rose gar nicht. Sie hatte Angst davor, ihre Gefühle für Nick in Worte zu fassen. Andererseits wollte sie Jamies Gefühle für ihn auch nicht bestätigt wissen. Im Grunde war sie für Nicks Erscheinen noch nicht bereit.

»Möglich«, sagte Rose leicht gereizt. »Aber egal, woran es liegt, ich will mit Jungs in nächster Zeit erst mal nichts zu tun haben. Könntest du dir vorstellen mit mir zur Schulparty zu gehen?«

»Klar«, meinte Jamie und roch unter ihrer Achsel, um sich zu vergewissern, dass ihr Deo noch wirkte. »Aber verlass dich nicht drauf, dass die Jungs uns vom Leib bleiben, wenn wir zusammen gehen. Vielleicht macht uns das nur noch unwiderstehlicher.«

Rose fühlte sich unendlich erleichtert. Solange sie Jamie und Cyril an ihrer Seite hatte, war sie vor dem von Jungs ausgehenden Übel sicher. Für den Augenblick zumindest.

Rhabarber-Eistee

**(Nicht Himbeer-Eistee.
Egal, was die anderen sagen oder wie süß sie aussieht, wenn sie mit deinem besten Freund flirtet.)**

- 8–10 große Stangen frischer roter Rhabarber
- ½ Tasse Zucker
- 4 Beutel Kräutertee
- ¾ Liter kaltes Wasser

1. Schneide den Rhabarber in daumengroße Stücke und wasche ihn gründlich.
2. Fülle das Wasser in einen großen Topf und gib den Rhabarber hinein. Bring das Ganze auf hoher Temperatur zum Kochen und lass es dann bei geringer Hitze 45–60 Minuten zugedeckt köcheln. Nimm den Deckel ab und lass es mindestens 15 Minuten abkühlen.
3. Gib den Zucker und die Teebeutel in einen großen Glaskrug.
4. Gieße das Rhabarberwasser durch ein Sieb in den Krug und pass auf, dass keine Rhabarberstücke mit hineinfallen. Der Tee muss jetzt einen halben Tag lang ziehen.
5. Gieße den Tee in bis zum Rand mit Eis gefüllte Gläser. Dekoriere mit Pfefferminzblättchen oder einer Zitronenscheibe.

Mitternachts-Rühreier mit Speck

Die Typen aus Roses Adressbuch wussten, wie man Partys feiert, keine Frage. Cyril, Nick, Rose und Jamie brauchten eineinhalb Stunden, bis anschließend wieder alles sauber war. Doch um zwei Uhr morgens war Nick daheim und Rose und Jamie waren noch zu Denny's Schnellimbiss gegangen, um die Party durchzuhecheln. Cyril konnte sich lebhaft vorstellen, wie die Mädchen über Trent, den großen Zampano diskutierten, über Brandon, den Armleuchter, ja sogar über Nick, den Neuen . . . über alle, nur nicht über Cyril, den Nicht-Ausgehfreund-Typ.

Es tat weh. Doch Cyril konnte es aushalten. In der Schule war er immer der Dickste gewesen, so lang er denken konnte, und in Sachen Enttäuschungen kannte er sich bestens aus. Er wusste, wie man sie abfing, bevor sie sich festfressen konnten, wie man sie wegsteckte, vertrieb, hinunterschluckte. Er wusste sogar, was man gegen den üblen Nachgeschmack essen musste.

Er belud die Geschirrspülmaschine in aller Ruhe und zuckte nicht einmal zusammen, als die Hintertür quietschend aufging und Nick und Mandy hereinschlüpften. Cyril hatte geahnt, dass sie zurückkommen würden.

Als hätte es ihm nicht zwei lange Jahre gefehlt, rea-

gierte Cyril auf Nicks Erscheinen lediglich mit der unkomplizierten Frage: »Hunger?«
Und als hätte es Nick nicht zwei lange Jahre gefehlt, schnappte der sich die Fernbedienung, streifte seine museumsreifen orangefarbenen Turnschuhe ab und ließ sich auf die überdimensionierte rostfarbene Couch fallen, die in der Küche gegenüber dem Fernseher stand. »Und wie.« Mandy rollte sich auf seinen Füßen zusammen und war eingeschlafen, noch bevor ihr Kinn auf die Pfoten sank.
Cyril war mit dieser Art der Unterhaltung zufrieden. Klar, sie könnten auch über die Vergangenheit reden, über die Hütten, die sie vor ewigen Zeiten im Wald gebaut hatten und die längst wieder in sich zusammengefallen waren, über längst vergessene Grundschulpartys, längst überbotene Höchstleistungen. Sie könnten über New York reden, weshalb Nick dort hingezogen und weshalb er wieder zurückgekommen war. Sie könnten über Nicks Mutter reden, über Reha-Maßnahmen, darüber, ob sie wohl jemals wieder ganz gesund würde. Nick war ganz offensichtlich zurückgekommen, weil er alt genug war, um auf sich selbst aufzupassen, und genau das würde er auch tun. Sie hatten ein großes Haus und seine Mutter fühlte sich dort einsam und wahrscheinlich konnten sie freundschaftlich miteinander umgehen, wenn auch nicht mehr. Das war, wie Cyril annahm, die Abmachung, die sie getroffen hatten. Sie könnten auch über die Zukunft reden, darüber, dass Cyril schon bald an der Eliteschule kochen und

Nick aufs College gehen würde. Über all das könnten sie reden. Doch Cyril genügte es, ihr Handeln für sich sprechen zu lassen, und Nick ging es genauso. So hatten sie es immer gehalten.

Nick schaltete den Fernseher ein und zappte ein wenig herum, bevor er sich für ein Video-Clip mit Jackie Chan entschied.

Cyril band sich eine Schürze um und holte aus dem Kühlschrank, was er brauchte: Frühstücksspeck, Eier, Tabascosoße, Ketschup, einige Zwiebelringe, die er geschnitten hatte, als er neulich mit Empanadas experimentierte. Cyril experimentierte eine Menge, sodass der Kühlschrank ständig gesteckt voll war mit halb aufgebrauchten Zutaten – und Cyril ließ nie etwas verderben. Kein richtiger Koch tat das.

Er hatte ein paar Speckstreifen in seine gusseiserne Lieblingspfanne gelegt und die Gasflamme darunter angezündet, als das Telefon läutete. »Hallo?«

»Hallo, mein Junge. Ist dein Vater da?« Cyrils Mutter war noch bei ihrer Nachtschicht im Krankenhaus.

»Nein. Aber Nick.« Das klang gut, fand Cyril.

»Nicky ist da? Er ist in der Stadt? Wie geht es ihm? Hast du ihm etwas zu essen gemacht?« Mrs Bartholomews Stimme klang ganz aufgeregt. Auch sie liebte Nick, genau wie Cyril.

»Ich bin gerade dabei. Wann kommst du nach Hause?«

»Das dauert noch ein paar Stunden«, antwortete Mrs Bartholomew.

»Ich heb dir was auf.«

»Du bist ein Schatz, Cyril. Und gib Nicky etwas mit für zu Hause.«

»Tschüss, Mom.« Cyril legte auf und atmete tief ein. Der Duft nach Speck erfüllte die Küche.

»Hmm, Speck«, sagte Nick, ohne aufzuschauen.

Cyril lächelte. Es kam ihm so normal vor, so natürlich, dass Nick wieder bei ihnen auf der Couch saß und darauf wartete, dass es etwas zu essen gab. Nicks Mutter hatte es nie für nötig gefunden, ihre Designer-Küche zu benutzen, weshalb Nick immer bei den Bartholomews gegessen hatte. Früher hatte Mrs Bartholomew für die Jungs das Mittagessen aufgewärmt, doch seit Cyril das Zepter in der Küche übernommen hatte, war er der Hauptessenslieferant. Cyril nahm an, dass er schon tausende von Mahlzeiten für Nick gekocht hatte, die einen besser als die anderen, und es hatte ihm gefehlt. Es war ein gutes Gefühl, es wieder zu tun. Ein sehr gutes.

»Und, Supermodel, was war los in New York?« Cyril holte eine Gabel und drehte die Speckstreifen einen nach dem anderen um. Er prüfte sorgfältig die Farbe und ließ einen Streifen noch ein paar Sekunden länger bräunen.

»Nicht viel.« Die Antwort war typisch Nick.

»Warum bist du zurückgekommen?«

»Sie sind dahinter gekommen, dass ich zwei Wochen lang die Schule geschwänzt habe.«

»Mann! Was hast du dir denn dabei gedacht?«

»Keine Ahnung.« Nick war nicht bei der Sache. Die ganze Zeit zappte er durch die Programme. »Wahrscheinlich dachte ich, dass es Zeit ist, wieder zu meinem alten Kumpel Cyril zurückzugehen.«

»Ach ja? Du hast dich nicht mal verabschiedet.« Cyril wunderte sich selber, dass er das einfach so gesagt hatte, ohne nachzudenken. Vorgehabt hatte er es nicht. Etwas in ihm wollte noch hinzufügen: »Ich hätte dich hier gebraucht«, doch er tat es nicht.

»Von wem habe ich mich nicht verabschiedet?«

»Von *mir!*«

»Hab ich das nicht?«

»Nein, hast du nicht.« Cyril schaute nicht von der Pfanne hoch. »Es wäre ein netter Zug von dir gewesen. Ich wusste nämlich nicht, wie ich dich erreichen kann.«

»Tut mir Leid, Mann. Wahrscheinlich war einfach zu viel los damals. Wahrscheinlich wollte ich niemand in den Schlamassel mit hineinziehen. Und als ich dann in New York war – ich weiß auch nicht, da war alles so weit weg.« Nick zappte immer noch durch die Programme. »Schau her! *America's Most Wanted!* Ich liebe diese Sendung.«

»Aber ich war immer noch da«, sagte Cyril leise zum Speck. Dann beschloss er das Thema fallen zu lassen, zumindest für den Augenblick.

»Du, Cyril?«, begann Nick in der Werbepause.

»Ja?«

»Hat Rose einen Freund oder so was Ähnliches?«

Die Frage schnitt in Cyrils Fleisch wie eines seiner Profi-Messer und er wäre gern zu ihrer Nichtunterhaltung zurückgekehrt. Er antwortete nicht, stocherte

nur im Speck herum und lauschte einen Augenblick lang dem Brutzeln. »Warum?«
»Nur so. Sie scheint ganz nett zu sein.«
»Wirklich? Ich hätte eher gedacht, dass du auf Jamie stehst, nicht auf Rose.« Jetzt wollte Cyril es wissen.
»Versteh mich nicht falsch. Jamie ist eine Wahnsinnsfrau, aber Rose hat irgendetwas. Irgendetwas geht da vor sich hinter dieser Brille.« Er wechselte das Programm. »Sie erinnert mich an diese Hippie-Braut, mit der ich in New York zusammen war.«
»Ist sie aber nicht«, erwiderte Cyril gereizt.
»Was ist sie nicht?«
»Nicht die Hippie-Braut, mit der du in New York zusammen warst.«
»Weiß ich doch, Mann. Reg dich nicht auf.«
Cyril lachte, um dem Augenblick die Schärfe zu nehmen. Er schluckte und wünschte, der Speck würde sich beeilen. Er hatte richtig Hunger und mochte den Geschmack nicht, den er gerade im Mund hatte.
»Aber sie hatte was Hippiemäßiges, defintiv«, sagte Nick. »Auf eine geile Art.«

Mitternachts-Rühreier mit Speck

- 8 dicke Scheiben Frühstücksspeck
- 6 große Eier, so frisch wie möglich
- 1 kleine, in feine Ringe geschnittene Zwiebel
- Ketschup, Chilisoße, Tabasco oder eine andere scharfe Soße je nach Geschmack

1. Lege die Speckstreifen in eine große, kalte, gusseiserne Pfanne. (Wenn man kalt anfängt, bleiben sie schön flach.)
2. Schalte das Gas oder die Herdplatte auf mittlere Hitze, stelle die Pfanne darauf und rühre sie ungefähr 4 Minuten lang nicht mehr an. Dann drehst du die Speckstreifen vorsichtig mit einer Gabel oder Zange um und lässt sie weiter 2–3 Minuten braten. Den Speck aus der Pfanne heben und auf Küchenpapier legen.
3. Die Pfanne wieder auf den Herd stellen, die Zwiebelringe hineingeben und 8–10 Minuten braten, bis sie braun und knusprig, aber nicht verbrannt sind.
4. Brich den Speck in kleinere Stücke und lege ihn wieder in die Pfanne. Verteile ihn und die Zwiebelringe gleichmäßig auf dem Pfannenboden.
5. Schlage die Eier auf und lass sie zwischen die Speckstreifen gleiten. Die Eigelbe kannst du verquirlen oder ganz lassen, je nach Stimmung. Die gebackenen Eier halten alles zusammen.
6. Wenn die Eier fast so sind, wie du sie haben willst, lege noch 2 Minuten den Deckel auf die Pfanne.

7. Jetzt sollte ein kompakter Fladen aus Eiern, Speck und Zwiebeln entstanden sein. Schiebe einen Spatel darunter; lass den Fladen aus der Pfanne auf einen Teller gleiten.
8. Schneide ihn wie eine Pizza in Stücke, gib Ketschup oder eine scharfe Soße darauf und iss ihn mit der Sorte Toast, die du am liebsten magst.
9. Geh glücklich ins Bett. (Zumindest einigermaßen.)

Cyrils Rosinenbrot

»Grrr! Keine Ahnung, ob es funktioniert!« Cyril war sauer. »Ich hab's doch noch nie ausprobiert. Und ich arbeite nur aus dem Gedächtnis. Ich habe beim Geschirrspülen am AICA mitgehört, wie es geht, wenn du es genau wissen willst.« Es sollte energisch klingen, aber er merkte selbst, dass er eher panisch klang. »Ich habe kein Backpulver mehr. Wo ist das Backpulver?« Er schaute Alice anklagend an. Seine Hose und das Sweatshirt waren voller Mehl.

»Im Schrank vor deinen Füßen«, antwortete Alice Windemere. Sie trug ein Fleeceshirt und spielte mit dem grauen Zopf, der ihr über die schmalen Schultern fiel. Alice war klein von Statur; das einzig Lange an ihr waren ihre Haare. »Du, ich habe Kundschaft. Ruf mich, wenn du mich brauchst, aber nur wenn du mich wirklich brauchst.« Sie schlüpfte durch den gebatikten Vorhang nach vorn in den Laden.

Cyril kannte sich in Alices Küche immer noch nicht aus. Seit sie vor zwei Jahren das »Oregano« im Hudson-Einkaufscenter eröffnet hatte, war Cyril in ihrem Laden eine feste Größe. Es kam vor, dass sie sich stundenlang über Rezepte oder Zubereitungsarten unterhielten, Alices Proben testeten oder auch, wie seit neuestem, zusammen kochten – ohne dass Cyril etwas bei ihr kaufte. Das Oregano war der einzige Feinkostladen in der Gegend und versorgte hauptsächlich die Mitarbeiter des AICA. Für Cyril war das Angebot viel zu teuer.

Vor ungefähr einem Monat hatten Cyril und Alice heftig darüber diskutiert, wie man einer klein geschnittenen Tomate am besten den Saft entzieht. Cyril behauptete, es sei nicht nötig, die Tomate vorher zu salzen, worauf Alice, die anderer Meinung war, ihn in ihre Küche einlud, damit er es beweisen konnte. Er tat es und ging als Sieger aus der Diskussion hervor. Seither hatte er freien Zugang zu ihrer Küche und an Sonntagen wie diesem, wenn er nicht für 6,18 $ die Stunde als »Assistent« in der Lehrküche des AICA arbeitete, bereitete er sich in der Regel in der winzigen Küche des Oregano, mit ihren Arbeitsplatten aus Chromargan und den Fenstern mit den mattierten Scheiben, auf das bevorstehende Vorkochen im AICA vor, das einer Aufnahmeprüfung gleichkam. Für diese Aufnahmeprüfung musste er in einer der Instituts-Küchen drei Gerichte zubereiten, die dann von dem Prüfungsausschuss beurteilt wurden. Cyril wusste, dass er das nötige Talent hatte. Doch der Ausschuss war dafür berüchtigt, dass er nichts durchgehen ließ, auch nicht bei begabten Schülern. Am Tag der Prüfung musste einfach alles *perfekt* sein. Und dieser Brotteig war alles andere als perfekt. Statt eines nicht zu harten und nicht zu weichen Teigkloßes hatte er einen klebrigen Klumpen vor sich. Eine einzige Katastrophe.

»Ich verstehe das nicht! Er klebt immer noch an mei-

nen Händen. Das Rezept ist Mist!« Cyril wusste, dass er ziemlich laut redete, aber es war ihm egal.
»Cyril?«, rief Alice leise. Sie streckte ihren Vogelkopf durch den Batikvorhang.
»Was gibt's?«, polterte Cyril. Er schaute Alice unwirsch an, bearbeitete dabei aber weiter den klebrigen Teig.
»Du brüllst«, sagte sie. »Lass den Teig in Ruhe. Hör auf, trinke ein Glas Wasser und überlege dir, was du tun kannst.«
Cyril wusste, dass sie Recht hatte, aber er wollte dranbleiben. Er war sauer und wollte, dass es *jetzt* funktionierte. Er starrte auf seine Hände mit dem klebrigen Teig daran.
»Hör zu, Cyril. Du bist ein unwahrscheinlich guter Koch. Vielleicht der beste, der mir je begegnet ist. Aber du musst immer noch ganz bei der Sache sein, wenn du kochst. Du kannst es nicht erzwingen. Freunde dich mit deinem Teig an, statt ihn zu bekriegen.«
Cyril schloss die Augen, damit Alice nicht sah, wie er sie verdrehte. *Sich mit einem Teig anfreunden*. Sollte das ein Witz sein? Er wusste, dass sie eine Zeit lang in einer Kommune gelebt hatte, aber alles, was recht ist! Er dachte eine Weile darüber nach. Sie mochte ja etwas durchgeknallt sein, aber er wusste andererseits, dass sie Recht hatte. Wenn er mit seinem Teig kämpfte, würde es nie funktionieren. Er musste mit ihm zusammenarbeiten. Cyril trat einen Schritt zurück und schaute auf seine Converse. »Tut mir Leid. Ich wollte nicht so aus der Haut fahren.«

»Ist schon gut, Cyril. Ich kenne den Unterschied zwischen einer Küchendebatte und einem normalen Gespräch.«

Cyril lächelte Alice an. Und ob sie das wusste. Sie hatte ungefähr 35 Jahre in einigen der besten (und schlechtesten) Restaurants in der San Francisco Bay und darum herum gekocht. Sie wusste alles über Lebensmittel und er hörte immer zu, wenn sie etwas sagte.

»Zuckerbrot, Cyril.«

»Hm?«

»Ausschlaggebend für ein ausgezeichnetes Gericht ist nicht, was du mit den Lebensmitteln machst. Ausschlaggebend ist allein das, was du ihnen gibst. Wer ein Spitzenkoch sein will, muss mit dem Herzen bei der Sache sein und nicht jeder weiß, wie das geht. Deshalb kann das Zuckerbrot des einen Koches schmecken wie ein Pappkarton und das eines anderen wie der Himmel auf Erden.«

»Danke«, sagte Cyril und wandte dem Teig den Rücken zu. Sein Bedarf an Küchen-Weisheiten war für diesen Tag gedeckt. »Hast du was dagegen, wenn ich uns einen Tee koche?«

»Super Idee. Ich hätte gern Lavendeltee.« Alice schaute ihr Spiegelbild in der Mikrowelle an. »Übrigens, was sagst du zu meinem neuen Hut? Er ist aus Afghanistan.«

Doch Cyril hatte sich mit dem Rücken an den Tresen gelehnt und war bereits in die neueste Ausgabe einer Kochzeitschrift vertieft. »Jetzt bringen die schon wieder eine Soße aus schwarzen Bohnen, ich fasse es nicht. Ich hasse schwarze Bohnen. Die sind ja so etwas von out!«

Er schaute auf und sah, wie Alice grinste. Davon angestachelt, reckte er eine Faust in die Luft. »Hiermit erkläre ich, dass ich nie wieder eine schwarze Bohne essen werde, es sei denn, ich bin in einem Bazar in Oaxaca. Ob in einer Suppe, einer Soße, einem Quesadilla-Fladen oder einem Beignet – haltet sie mir vom Leib. Serviert mir Saubohnen, Filetbohnen, Feuerbohnen, Wachsbohnen, Prunkbohnen oder Puffbohnen und ich werde freudig meine Gabel schwingen. Doch sollte jemals eine schwarze Bohne auf meinem Teller auftauchen, werde ich die Gabel schwingen wie ein Schwert. Tuet kund, landauf und landab, dass Cyril Bartholomew beschlossen hat schwarze Bohnen von nun an bis in alle Ewigkeit zu meiden.« Er hielt einen Augenblick inne, dann murmelte er: »Es sei denn, sie sind in diesen Fischtacos, die du machst. Die sind oberlecker!«

»Cyril, du bist einfach galaktisch.«

Cyril liebte es, wenn sie das sagte. Eine Sechzigjährige, die galaktisch sagte, war . . . selber galaktisch. Er lachte, legte die Zeitschrift weg und wirbelte herum. »Ich bin bereit mich mit meinem Teig anzufreunden.«

»Einen Moment noch, Cyril.« Alice übernahm das Teekochen und schaltete die Platte unter dem Wasserkessel ein. »Für wen machst du das Brot?«

»Wie meinst du das?«

»Ich meine: Für wen machst du es? Beim Kochen muss man immer an jemanden denken. Nur so kann es gelingen. Du musst dir ihren Blick vorstellen können. Du weißt schon, welchen Blick ich meine.« Alice riss eine Packung Schweizer Butterkekse auf. »Hier, du erlaubst, dass ich es demonstriere.« Sie steckte sich einen Keks in den Mund und ihre Augen rollten nach oben. »Hmmm.«

Cyril lachte. Er kannte den Blick gut. Es war der Blick reinster Zufriedenheit. Er hatte ihn sogar schon einmal in echt bei Alice gesehen, als er seine berühmte Tomatensuppe gekocht hatte. »Ja, ich kenne den Blick. Aber das ist nur ein Probebrot. Ich will nur wissen, ob ich es kann.«

»Glaub mir, Cyril, du musst an jemanden denken. Das macht einen ganz großen Unterschied.« Damit verschwand Alice wieder hinter dem Vorhang.

Cyril stellte sich vor seinen Teigkloß, und ohne dass er sich dazu auffordern musste, ja sogar ohne es zu wollen, erschien vor seinem geistigen Auge Rose. Ihre braunen Augen waren halb geschlossen, die Wimpern warfen einen flattrigen Schatten auf ihre Wangen, als sie in ein warmes Stück Brot frisch aus dem Ofen biss, außen golden und knusprig und innen köstlich duftend und weich, bestrichen mit halb geschmolzener frischer Butter und warmem Wildblütenhonig, und ihre Unterlippe glänzte, als sie ihm sagte, sie habe nie im Leben etwas Köstlicheres gegessen.

Innerhalb kürzester Zeit hatte Cyrils Teig genau die

richtige Konsistenz. Er war ziemlich sicher, dass Alice, sobald das Brot fertig war, schon beim ersten Bissen denselben Blick bekommen würde wie bei seiner berühmten Tomatensuppe.

Cyrils Rosinenbrot

(Muss mit sehr viel Gefühl behandelt werden. Miss sämtliche Zutaten sehr, sehr sorgfältig ab und befolge sämtliche Anweisungen aufs Genaueste. Vor allem aber freunde dich mit deinem Teig an.)

- 4 Tassen Mehl
- ½ Tasse Zucker
- 1½ Päckchen Backpulver
- 1 Esslöffel Zimt (wenn du magst)
- 1 Teelöffel frisch geriebene Muskatnuss (wenn du magst)
- ½ Teelöffel Salz
- ½ Tasse weiche, aber nicht geschmolzene Margarine
- 1 Tasse Buttermilch
- 1 Ei
- ½ Tasse Rosinen
- ¼ Tasse (50 g) geschmolzene und wieder etwas abgekühlte Butter

1. Heize den Herd auf 190° vor. Fette ein großes Backblech mit Butter ein. Du kannst dazu das Papier verwenden, in das die Butter eingewickelt war.
2. Siebe Mehl, Zucker, Backpulver, Salz, falls gewünscht Zimt und Muskatnuss in eine Schüssel. Siebe das Ganze noch 2-mal durch, insgesamt also 3-mal, beim letzten Mal in eine große Schüssel.
3. Rühre die Margarine mit einem Holzlöffel unter die trockenen Zutaten. Stelle die Schüssel beiseite.
4. Verrühre mit einer Gabel in einer kleinen Schüssel das Ei und die Buttermilch. Gib die Masse zum Mehl und vermenge alles gut. Nicht zu kräftig rühren!

(Wenn du den Teig zu kräftig bearbeitest, wird das Brot fest und zäh.)

5. Hebe vorsichtig die Rosinen unter.
6. Gib den Teig auf ein Brett, das du zuvor mit etwas Mehl bestäubt hast. Knete ihn genau eine Minute lang durch, nicht mehr und nicht weniger. Er sollte nicht an den Händen kleben bleiben, und wenn du einen Finger hineinbohrst, sollte die Delle noch sichtbar sein.
7. Forme einen runden Laib aus dem Teig. Ritze mit einem scharfen Messer ein großes X in die Oberfläche, aber pass auf, dass der Schnitt nicht zu tief wird. (So kann der Laib die Form einer großen Blüte annehmen.)
8. Pinsle den Laib mit der geschmolzenen Butter ein und backe ihn ungefähr 40 Minuten oder bis ein Zahnstocher, den du in die Mitte des Laibs steckst, sauber wieder herauskommt. Das Brot sollte eine goldbraune Farbe und eine schöne Kruste haben, aber nicht zu hart sein.
9. Iss es mit reichlich Butter.

Warme Sirup-Haferflocken mit Butter

Der Morgen hatte wunderbar begonnen. Nick war Viertel nach sieben durch Cyrils Hintertür gestürmt, was niemand überraschte. Ohne ein Wort zu sagen, ließ er seinen Rucksack auf die Couch fallen und setzte sich auf einen Barhocker gegenüber dem Platz, an dem Cyril arbeitete. »Hunger?«, fragte Cyril.

»Und wie«, kam Nicks Antwort.

Cyril trug sein lilagraues Lieblingssweatshirt. Er schob eine dampfende Schüssel über den Tresen und Nick machte sich über die Haferflocken her, als sei er gerade mal vier Jahre alt. Sie waren genau richtig, zwischen pappig und cremig weich, und sie verströmten einen köstlichen Sirupduft. Etliche Minuten lang war nur das Schaben von Löffeln in Schüsseln zu hören und gelegentlich Mandys Bellen aus einer der hinteren Ecken in Cyrils Garten. Sie aßen rasch leer, und als Nick sich auf dem Weg nach draußen noch zwei Küchentisch-Kekse in die Jackentasche stecken wollte, gab Cyril ihm eine kleine Papiertüte, damit er sie besser transportieren konnte.

»Danke, Mom«, sagte Nick.

»Ha-ha. Sehr witzig.«

Auch um 10.32 Uhr lief alles noch bestens. Der gesamte Biologie-Kurs sezierte Regenwürmer und Cyril und Rose konnten nicht aufhören zu lachen.

»Bartholomew? Mulligan? Reißt euer Wurm auf dem Sezierbrett Witze? Arbeitet er nebenher als Komiker?« Die schrille, blecherne Stimme gehörte dem legendären Mr Meech, dem beliebtesten, verrücktesten und dienstältesten Lehrer an der New Hyde Park High School. Manchmal war er der lustige Meech und manchmal der gemeine und es war so gut wie unmöglich, zu sagen, mit welchem man es gerade zu tun hatte . . . oft bis es zu spät war. »Bitte lasst uns an den seltenen Späßen teilhaben. Hier ist es so langweilig wie in einem Biologiesaal.« Mr Meech klopfte sich ungeduldig auf die polyesterummantelten Hüften.

Cyril, überzeugt, dass Meech an diesem Tag seinen Sinn für Humor mitgebracht hatte, bereitete sich auf einen Auftritt vor. Wie ein Rechtsanwalt vor Gericht legte er die Hände auf den Bauch und ergriff das Wort: »Okay, Mr Meech. Fragt ein Regenwurm-Junge seinen Vater: ›Papi, was ist eigentlich Bigamie?‹« Er schaute zu Christina Cartagena hinüber, die sprichwörtliche Streberin, die sich tatsächlich Notizen zu seinem Auftritt machte.

Rose zupfte ihn am Ärmel. *»Setz dich hin!«*, flüsterte sie.

»Ja, Bartholomew?« Meech schaute über den Rand seiner Brille. Er schien gefährlich nahe daran, die Kontrolle über seine Lachmuskeln zu verlieren.

Cyril dagegen bewahrte sein Pokerface. »›Wenn Mama unter den Spaten gekommen ist‹«, sagte er. Er sah auf Rose hinunter, die sich vor Lachen kaum noch auf ihrem Stuhl halten konnte. Cyril strahlte. Es war das

Größte für ihn, wenn er sie zum Lachen bringen konnte. Er schaute wieder zu Christina hinüber und zwinkerte ihr zu. »Das kommt im Test nicht vor, Christie.« Sie legte ihren Kugelschreiber aus der Hand.

»Danke, Bartholomew, und jetzt an die Arbeit.« Meech grinste breit.

Cyril setzte sich. Im Flüsterton machte er Meech nach: »Fangen Sie jetzt mit dem Sezieren an, Mulligan.«

Rose steckte die Hände in die Ärmel ihres grob gestrickten braunen Rollkragenpullovers und flüsterte zurück: »Ich kann nicht! Er lebt doch noch! Du weißt doch, dass ich kaum eine Mücke erschlagen kann! Ich esse nicht mal Tunfisch aus der Dose. Tote Tiere und ich kommen nicht zusammen. Mach du es.« Rose streckte ihm das Skalpell hin und wandte in gespieltem Entsetzen das Gesicht ab.

Cyril lächelte. Sie konnte so liebenswert sein, dass es schon fast wehtat. »Aha, du bist also eine echte Vegetarierin, was?« Cyril ergriff das Skalpell und drückte den Daumen auf die Klinge. Gut scharf. Das war doch gar nichts. Das für Zimperlichkeit zuständige Gen hatte Cyril nicht mitbekommen. Er war daran gewöhnt, lebendige, zappelnde, kreischende Hummer Kopf voraus in kochendes Salzwasser zu stecken. Zum Entbeinen eines Hühnchens brauchte er gerade mal sechs Minuten. »Wenden Sie den Blick ab, Milady.«

Rose begann wieder zu kichern. *»Milady?«*

»Mulligan? Gibt es Probleme mit der Technik des Sezierens?« Meech stand hinter ihnen. Sein knochiger Schatten fiel über ihr Experiment.

»Nein-nein«, stammelte Rose, »ich fürchte nur, ich kann nicht . . .« Sie brach ab und schaute Cyril mit Panik in den Augen an. »Hilfe!«, flehte sie tonlos.
Im hinteren Teil des Raumes kicherte jemand hämisch, unverkennbar Brandon Keifler. »Ich fürchte nur, ich kann nicht«, äffte er sie vor seinen Kumpels nach, die gehorsam lachten. Cyril packte die Wut.
»Halt die Klappe, Brandon«, fauchte Rose.
Cyril kam ihr mit wehenden Fahnen zu Hilfe. »Sie hat Recht, Mr Meech«, sagte er. »Rose machte gerade den Vorschlag, einen der Würmer zu nehmen, die Sie zu Demonstrationszwecken aufgeschnitten haben. Sie haben etliche aufgeschnitten. Auf diese Art vergeuden wir keine. Wir wollen doch alle nicht, dass Würmer vergeudet werden.« Cyril lächelte Rose zu, dann schaute er wieder Mr Meech an. »Oder?«
Schweigen. Aller Augen waren auf Meech gerichtet. Christina Cartagenas Hand war mitten im Schreiben erstarrt. Wortlos ging er zu seinem Pult zurück, seine Naturwissenschaftslehrerschuhe quietschten auf dem Linoleum. Er sammelte die toten Würmer ein und kam zu Cyrils und Roses Platz zurück. »Ein gutes Argument, Rose.« Er ging weiter. »Alle wieder an die Arbeit!« Christina machte wieder Notizen und Cyril setzte sich, mit rotem Kopf, aber lächelnd.
Rose beugte sich zu ihm hinüber und flüsterte, die Lippen dicht an seinem Ohr: »Danke! Du bist großartig.« Er spürte ihren Atem an seinem Ohrläppchen und merkte, wie sein Gesicht noch roter wurde. »Ich hasse Brandon.«

Cyril kam sich vor, als hätte er soeben einen Zweikampf gewonnen. Jetzt würde sein liebreizendes Fräulein auf den Rücken seines Pferdes hüpfen und mit ihm aus der Arena reiten.

Er und Rose fuhren mit ihrem Experiment fort, Cyril handhabte die Instrumente, Rose schrieb auf, was sie herausfanden. Und dann, aus heiterem Himmel, schaute Rose auf und verkündete: »Nick ist in meinem Französischkurs.« Und Cyril fiel von seinem Ross – einfach so.

»Ach, ja?« Cyril spürte wieder diesen Geschmack in der Kehle aufsteigen, einen Geschmack, auf den er von sich aus nie gekommen wäre.

»Ja, er ist uns allen weit voraus. Er muss in New York einen guten Lehrer gehabt haben.«

»Ach, ja«, war alles, was Cyril sagen oder genauer: murmeln konnte. In seinem Kopf türmten sich die Fragen: Hatte Nick mit Rose geflirtet? Hatte Rose Nick ihre Handynummer gegeben? Mochte sie ihn? Hatten sie sich schon geküsst? Dazu, auch noch Worte zu formen, reichten seine geistigen Kräfte nicht aus. Er konnte sich auch nicht dazu aufraffen, zu sagen, dass *er* es gewesen war, der Nick vor zwei Jahren die Grundbegriffe der französischen Sprache beigebracht hatte. Nein. Es war besser für ihn, wenn er das alles für sich behielt, da war es bei all dem anderen, das er nicht laut sagen konnte, gut aufgehoben.

»Hat er eine Freundin?«, fragte Rose.

Er versuchte ihre Frage dem gattungsspezifischen Interesse von Schülern zuzuschreiben. Wenn jemand

Neues an die Schule kommt, Junge oder Mädchen, ist es nur natürlich, dass die anderen Schüler sich über sie oder ihn Gedanken machen.
»Keine Ahnung«, antwortete er, und wie er Nick kannte, war es gut möglich, dass er eine Freundin hatte. Cyril hoffte, dass keine weiteren Fragen folgen würden.
Einen Augenblick lang sah es auch so aus.
Dann murmelte Rose: »Ich wüsste gern, ob er kochen kann.«
Cyril ließ das Skalpell fallen. Es machte beim Aufschlagen auf dem Boden viel zu viel Krach für ein so kleines Ding. »Wie meinst du das?«
»Ich meine, wenn er Französisch kann, ist er romantisch veranlagt. Und ich liebe Jungs, die kochen können. Das ist so . . . romantisch.« Sie seufzte. »Aber was soll's. Ist doch egal. Ich will ja gar keinen Jungen in meinem Leben. Es ist nur so eine Marotte von mir.« Sie schaute leise lächelnd zu Cyril auf. »Als ich zum Beispiel neulich dachte, du würdest diese Kekse backen, fand ich das irgendwie sexy.« Jetzt lächelte Rose fast so, als flirte sie mit ihm. Aber nicht ganz. »Der Mann meiner Träume, den, dem ich in dieser Stadt voller Keiflers wahrscheinlich nie begegnen werde, wird ein hervorragender Koch sein.«
In Cyrils Ohren klang das fast wie Musik, nur dass kein einziger Ton stimmte. Außerdem war es einfach zu viel, als dass er alles auf einmal hätte aufnehmen können. »Äh, ich glaube, wir sollten jetzt hier aufräumen.« Er bückte sich, um das Skalpell aufzuheben.

Er kauerte am Boden, außer Sichtweite, als er die Stimme von Brandon Keifler hörte, der sein Sezier-Tablett nach vorne trug. »Hat das Sezieren geklappt, Rose? Hast du Hunger bekommen? Ich weiß doch, wie sehr du frisches Fleisch magst.«
»Halt die Klappe, Brandon.«
»Wenn wir gerade von frischem Fleisch sprechen, sieht so aus, als würdest du dich mit dem spaßigen Zweitonner Cyril ausgezeichnet verstehen. Warum verkauft sich eine heiße Braut wie du so unter Wert?«, fügte Brandon leise hinzu.
»Warum nennst du ihn so?«, fragte Rose. Sie klang vollkommen ernst und Cyril fragte sich, ob sie durch ihre Brille vielleicht alles schmaler sah. Wie diese Spiegel in Kaufhäusern die Leute schlanker aussehen lassen, damit sie Sachen kaufen.
»Lass mich in Frieden, Brandon. Cyril ist mein *Freund*, aber das kannst du natürlich nicht verstehen.«
Mein Freund. Eigentlich hätte sich Cyril darüber freuen müssen, doch diese spezielle Aussage traf ihn wie ein Schlag in den Magen.
»War nicht so gemeint, Rose. Reg dich nicht auf.«
»Halt die Klappe, Brandon«, wiederholte sie und beim dritten Mal verschloss ihm die Aufforderung tatsächlich wie ein Zauber den Mund. Cyril blieb am Boden hocken, außer Sichtweite, bis er sicher sein konnte, dass Brandon weg war. Wenn er so tat, als hätte er es nicht gehört, war es vielleicht nicht passiert.
Es läutete und Cyril war gerettet. Schwitzend stand er auf und klemmte sich seine Bücher unter den Arm.

»Danke noch einmal, dass du mich vorhin gerettet hast, Cyril.« Rose zog ihren Pferdeschwanz unter der Mütze hervor. Die ersten Schüler verließen schon den Saal.

Cyril wäre ihnen am liebsten nachgerannt. »Ich habe doch nichts getan«, war alles, was er sagen konnte.

Er ging hinter Rose her auf den Flur und hoffte, dass der Lärm der 3000 Schüler der New Hyde Park High School, allen voran Christina Cartagena und die anderen schnatternden Hirnies in ihrem Gefolge, jeden Versuch einer Unterhaltung im Keim ersticken würde. Die Hoffnung war vergebens. Rose fuhr trotzdem fort: »Ich meine es ernst. Die meisten Jungs hätten einfach gedacht, es sei bescheuert, was ich da wegen dem Wurm veranstalte. Brandon hat das gedacht, keine Frage, aber du nicht. Danke.«

»Nein, ich habe dich nicht für bescheuert gehalten«, erwiderte Cyril. »Ich finde es toll, wenn jemand feste Grundsätze hat.«

»Siehst du?« Rose blieb stehen, nahm Cyrils Arm und schaute ihm direkt in die Augen. Er ließ den Blick von ihrem linken zu ihrem rechten Auge wandern und wieder zurück. *Brown eyed girl.* Sie legte die andere Hand auf seine Wange. »Siehst du?«, wiederholte sie.

Cyril wünschte, sie würde noch etwas anderes sagen, etwas wie »Ich liebe dich«. Doch sie sagte: »Irgendwann wird ein Mädchen sich glücklich preisen, weil sie dich hat. Ich frage mich nur, wer sie ist.«

»Ja, das frage ich mich auch!« Die Stimme kam von jemandem hinter Cyril. »Wer wird es wohl sein?« Nick

hatte sich einen Weg durch die Menge gebahnt. »Tag zusammen.«
»Nick!«, flötete Rose.
»Wie war es in Biologie?«, erkundigte sich Nick bei ihr.
»Woher weißt du, dass ich gerade Biologie hatte?«, fragte Rose lächelnd zurück.
Trotz seiner Fülle kam sich Cyril plötzlich unsichtbar vor.
»Gut geraten«, antwortete Nick. Dann deutete er auf das Biologiebuch, das sie vor der Brust hielt. Er ließ die Augenbrauen tanzen.
Am liebsten hätte Cyril ihnen gesagt, sie sollten sich doch gleich ein Hotelzimmer nehmen.
»He, könnt ihr mir sagen, wo das Büro des Rektors ist? Ich muss die Formulare hier unterschreiben lassen.«
»Das hab ich dir doch gestern erst gezeigt, Blödmann«, begann Cyril. Doch er war nicht gefragt worden.
Wenn Nick jemand anderer gewesen wäre, hätte Cyril dieses durchsichtige Manöver reichlich doof gefunden. Aber Nick war nicht irgendjemand. Nick war Nick. Und er spielte kein Theater. Er hatte tatsächlich vergessen, wo das Büro des Rektors war. Und erst recht, dass er Cyril schon mal danach gefragt hatte. Nick war in solchen Sachen einfach aufgeschmissen. Er war wie ein hilfloser Waldbewohner und Cyril kannte niemanden, der Tiere mehr mochte und ihnen helfen wollte als . . . Rose. »Es ist unten«,

sagte Rose, »komm, ich zeig's dir.« Sie zupfte Nick am Ärmel.

»Hm ... also, ich weiß auch, wo das Büro ist«, meinte Cyril. »Bio war super, Rose.«

Bio war super? Wer sagt so was? Cyril wünschte, er könnte den Satz ausradieren und stattdessen etwas Witziges und Geistreiches sagen. Obwohl es keinen Unterschied gemacht hätte. Er wünschte, seine Ritterlichkeit während der Biologiestunde würde sich in irgendeiner Weise auszahlen. Dem war aber nicht so. Rose ging jetzt neben Nick, am anderen Ende des Flurs.

Warme Sirup-Haferflocken mit Butter

- 2 Tassen Haferflocken (die zarten, nicht die kernigen)
- 1 Prise Salz (Verzichte nicht darauf. Es macht wirklich einen Unterschied.)
- ⅓ Tasse Ahornsirup
- 3 Tassen Vollmilch
- 1 Ei
- 1 Esslöffel Vanille-Extrakt
- ¼ Tasse braunen Zucker
- 1 Teelöffel Zimt (wenn du magst)
- Rosinen, Kokosflocken oder Mandeln (wahlweise)

1. Heize den Ofen auf 175° vor. Schiebe den Rost auf die mittlere Leiste.
2. Mische die Haferflocken mit dem Salz in einer großen Schüssel.
3. Verrühre in einer kleineren Schüssel Sirup, Milch, Eier und Vanille. Gieße die Mischung über die Haferflocken und vermenge alles gut.
4. Gieße die Masse in eine gläserne Auflaufform. Backe sie ungefähr 40 Minuten und rühre nach der Hälfte der Backzeit einmal um. (Merke: Jetzt wäre die richtige Zeit zum Duschen, vor allem wenn du in deine Biologiepartnerin verknallt bist.) Nimm die Auflaufform aus dem Ofen.
5. Streue braunen Zucker über die Haferflocken und stelle die Form für weitere 5 Minuten zurück in den Ofen. Der braune Zucker schmilzt und genau so willst du es haben.

6. Serviere die Haferflocken in angewärmten Schüsselchen mit einem guten Stück Butter und etwas Ahornsirup, den du in der Mikrowelle flüssig gemacht hast. Streue Zimt, Rosinen, Kokosflocken oder Mandeln darüber, ganz nach Geschmack.

Selbst gemachte Feigenriegel

»Cyril, wann kann ich mit deinen vollständigen Bewerbungsunterlagen für die Uni rechnen?«

»Hm«, antwortete Cyril.

Es war einer dieser Tage im September, wenn die Luft eher kühl ist als warm und plötzlich alles von Grün nach Orange wechselt. Doch Cyril, der solche Tage liebte, musste ein obligatorisches Gespräch mit Ms Jackson führen, der College-Beraterin der New Hyde Park High School. Ms Jackson saß in ihrem übermäßig dick gepolsterten Sessel, sie trug einen ihrer üblichen übergroßen Pullover mit Zopfmuster und übergroße, silber- und türkisfarbene Ohrringe. Engagiert überschüttete sie Cyril mit einem Schwall unnötiger Fragen. Da Cyril nur ein Ziel hatte, nämlich das AICA, war dieses Gespräch eine Übung im Heucheln von Interesse für die Staatliche Universität von New York, nur um Ms Jackson glücklich zu machen.

»Wann muss die Bewerbung eingereicht werden?«, fragte Cyril und hustete höflich hinter vorgehaltener Hand.

»Im April.«

»Wie wär's dann mit April?«

»Cyril, auf dieser Uni hättest du sehr gute Möglichkeiten. Du kannst dich nicht darauf verlassen, dass du am AICA angenommen wirst. Da reinzukommen ist unglaublich schwierig. Tatsache ist, dass es in den über acht Jahren, in denen ich nun schon hier bin, noch kein Schüler unserer Schule geschafft hat. Ich bezweifle stark, dass du dort aufgenommen wirst.«

Das hatte Cyril schon öfter gehört, weshalb es ihm nicht schwer fiel, abzuschalten. Außerdem hatte er über Wichtigeres nachzudenken. Zum Beispiel über die Tatsache, dass Rose und Nick sich in ebendiesem Moment im Sprachlabor eingeigelt hatten und gemeinsam für einen Französischtest paukten. Es war der Hohn – Cyril konnte nicht glauben, dass Nick Rose gegenüber behauptet hatte, er sei gut in Französisch. Cyril war viel besser in Französisch – er steckte ihn locker in die Tasche. Er war sogar so viel besser, dass er wahrscheinlich beiden, Rose und Nick einen Gefallen täte, wenn er eben mal zum Sprachlabor hinüberschlenderte, um zu sehen, wie es so lief. Ja, das wäre das Beste, was er tun konnte, falls MS JACKSON JEMALS AUFHÖRTE ZU REDEN UND IHN AUS DIESEM BESCHEUERTEN GESPRÄCH ENTLASSEN WÜRDE.

»Könnten wir uns ein wenig beeilen? Ich muss dringend weg«, sagte Cyril.

»Cyril! Wir reden hier über deine Zukunft. Da wollen wir uns doch nicht hetzen, oder?«

»Oh«, sagte Cyril. »Okay. Tut mir Leid.«

»Also, wo waren wir?«

Um vier Uhr ließ Ms Jackson Cyril endlich laufen, aber erst nachdem er ihr versprochen hatte, der Gesellschaft der Vogelfreunde beizutreten, damit er etwas mehr außerschulische Aktivitäten aufweisen konnte. Er hatte gerade noch eine halbe Stunde Zeit, bevor er im AICA sein musste, um seine Vier-Uhrdreißig-Schicht anzutreten.

Er ging durch die leeren Flure der Schule, geradewegs ins Sprachlabor im Erdgeschoss, am hinteren Ende des Ganges. Als er hineinstürmte, empfingen ihn die abweisenden Blicke zweier Schüler, die er noch nie gesehen hatte, beide mit Kopfhörer auf den Ohren. Keine Spur von Rose oder Nick. Cyril war sich nicht sicher, was das zu bedeuten hatte, aber ziemlich sicher, dass es ihm nicht gefiel.

Im Laufschritt verließ er das Sprachlabor und lief zur Treppe beim Südeingang, wo alle diejenigen herumhingen, die nach der Schule nichts Besseres zu tun hatten. Aber auch hier keine Spur von Nick und Rose. Er drehte auf dem Absatz um und spurtete zur Cafeteria. Leer. Aus alter Gewohnheit hörte er auf durch die Nase zu atmen, während er sich umschaute. Er ging zum hinteren Ausgang, verschnaufte kurz und marschierte dann Richtung Turnhalle. Doch die Lichter dort waren aus und die Türen abgeschlossen.

Cyril schaute auf seine Uhr. Zehn nach vier. Selbst im günstigsten Fall, wenn kein Bus Verspätung hatte, würde er es nur mit Hängen und Würgen schaffen, pünktlich zu sein. Ihm blieb nichts anderes übrig, als die Suche aufzugeben. Wahrscheinlich war er ohnehin verrückt. Dass er Rose dringend bei ihrem Französisch helfen musste, war nichts weiter als ein Hirngespinst. Außerdem musste er unbedingt pünktlich bei der Arbeit erscheinen. Er konnte es sich nicht leisten, die AICA-Verwaltung zu verärgern, vor allem da er hoffte, nach seiner Schicht noch zwei Stunden in der Übungsküche zubringen zu können, um sich für seine Prüfung mit der Einrichtung dort vertraut zu machen.

Mit hängenden Schultern ging Cyril Richtung Nordausgang. Von dort aus konnte er über den Sportplatz abkürzen und auf der anderen Seite in den Bus steigen.

Als er die erste der vier Treppenstufen am nördlichen Ausgang hinunterging, zog er eine Schulter hoch, um seinen Rucksack zurechtzurücken. Dabei verlor er das Gleichgewicht, und im nächsten schrecklichen und allzu vertrauten Augenblick zog es ihm die Beine weg.

Von da an ging alles wie in Zeitlupe. Er wusste nicht mehr, wo unten war, deshalb riss er die Hände hoch, damit er sich abfangen konnte, wo immer er landen würde. Das führte erst einmal dazu, dass sein Rucksack durch die Luft segelte. Sogar kopfüber sah er, dass der Reißverschluss nicht zu war. Dann sauste die Ziegel- und Betonmauer der Schule an ihm vorbei und gleich darauf hatte er den Asphalt des Bürgersteigs vor Augen. Er schlug mit der Wange hart auf dem Boden auf; die Schockwellen breiteten sich bis zu seinen Turnschuhen aus.

Dank seiner guten Polsterung spürte Cyril kaum etwas. Doch Demütigung und Panik überfielen ihn wie Bluthunde. Er musste aufstehen, und zwar schnell, bevor ihn jemand sah. Er rollte auf den Bauch und

stemmte sich auf Hände und Knie. Schwer atmend, wollte er nach seinem Rucksack greifen, verlor dabei jedoch erneut das Gleichgewicht und fiel wieder hin.
»Oh, Mann!«, hörte er eine helle Stimme direkt über sich.
Er schaute auf und da stand Jamie und streckte ihm die Hand hin. Sie hatte ihre dichte Lockenmähne mit einem blauen Tuch hochgebunden, trug eine Sonnenbrille mit Spiegelgläsern und ein Baseball-T-Shirt mit dem Logo der Metal Bike Company.
Vor Cyrils geistigem Auge erschien sofort Rose und er sah den Ausdruck auf ihrem Gesicht, wenn Jamie beschrieb, wie sie ihn gefunden hatte, mit einer Wabbelwange am Boden.
Ohne die ausgestreckte Hand zu ergreifen, rappelte er sich auf und wischte sich übers Gesicht.
»Dann hast du es also gesehen«, sagte Jamie und schüttelte den Kopf.
»Was?« Cyril konnte sich nicht vorstellen, dass es außer seiner Vorführung noch etwas zu sehen geben sollte. Er war sicher, dass es außer ihm keine weitere Attraktion in der Stadt gab. »Was soll ich gesehen haben?«
»Beweisstück A«, sagte Jamie und wies mit ausgestrecktem Arm und einer dramatischen Showmaster-Assistentinnen-Geste Richtung Parkplatz.
Da stand Nicks alter Wagen, der Shadow, ein Oldtimer, den sein Großvater ihm geschenkt hatte. Auf der Motorhaube des Shadow saßen Rose und Nick so dicht nebeneinander, dass ihre Silhouetten zu einer

einzigen verschmolzen. Ihre Gesichter konnte Cyril nicht erkennen, aber er sah, wie Nick in eine Tüte griff und Rose mit dem Inhalt fütterte. Und im Gegenzug fütterte Rose ihn.

Cyril rieb sich die Augen und schüttelte den Kopf. Nach all den Stunden, in denen er sich diese Szene und viele ähnliche ausgemalt hatte, war er doch auf die Live-Version völlig unvorbereitet.

Er ertrug es nicht, hinzuschauen, doch wegschauen konnte er auch nicht. Er musste es sich geben. Und er musste wissen, womit sie sich da gegenseitig fütterten. Als er die Augen zusammenkniff, sah er die fraglichen Teile genauer. Es waren nichts anderes als nach Original-Rezept gebackene Küchentisch-Kekse. Als Cyril am Morgen eine Hand voll davon in Nicks Tüte steckte, konnte er nicht wissen, dass sie über Nicks Finger in Roses Mund landen würden.

»Seit dieser Armleuchter von Brandon sie so ausgenutzt hat, versuche ich sie mit einem anständigen Kerl zu verkuppeln, aber meinst du, sie wäre auch nur mit einem von ihnen ausgegangen? Niiiiie . . . Sie verkündete nur immer, sie hasse Jungs und wolle ihr Lebtag nichts mehr mit ihnen zu tun haben. Sie hat mich sogar dazu überredet, mit ihr als Partnerin zu der Schulparty zu gehen, weil sie mit Jungs fertig wäre – deshalb wollte sie auf deiner Party so dringend mit mir sprechen, falls du dich schon gewundert hast, worum es ging. Vielleicht hat sie mich nur gefragt, ob ich mit ihr gehe, damit Nick mich nicht fragen kann. Er hat ja eindeutig mit mir geflirtet an diesem Abend und jetzt sieh dir das an! Die sehen doch aus wie eingeschweißt da drüben!« Als Jamie endlich eine Pause machen musste zum Luftholen, wandte sie sich zu Cyril um, der ihrer Tirade nur mit halbem Ohr zugehört hatte. »Mädchen! Abgedreht bis zum Gehtnichtmehr! Ich versteh sie nicht. Du?«

Cyrils Reizrezeptoren waren total überlastet. Er hatte keine Ahnung, wie er reagieren sollte. »Ich ... ich ...«, stammelte er.

»Ja – du ...?«, hakte Jamie nach, doch als sie seinen Gesichtsausdruck sah, erschrak sie. »Oh-oh, Cyril, bist du okay?«

Er antwortete nicht.

»Cyril, du bist ganz grün im Gesicht. Bist du sicher, dass alles in Ordnung ist?«

Cyril wünschte, sie möge endlich gehen. Er drehte sich um, damit er weder sie noch sonst jemanden sehen musste, kniete sich hin und tat so, als binde er seinen Schuh. Er musste jetzt allein sein, und obwohl außer Jamie niemand in der Nähe war, hatte er das Gefühl, umringt zu sein.

Jamie bückte sich und hob eine zerknüllte Papiertüte auf. »Hier, das ist dir aus der Tasche gefallen.« Sie schüttelte die Tüte und horchte. »Was ist da drin?«

Cyril richtete sich auf. »Wie?«

»Das hier!« Sie drückte ihm die Tüte in die Hand. »Es gehört dir. Was ist drin?«

»Äh, ich weiß nicht genau.« Er gab ihr die Tüte wieder. »Sie gehört mir? Keine Ahnung, woher ich sie habe.« Cyril lächelte schwach. »Wahrscheinlich habe ich sie von zu Hause mitgebracht.« Er war bereits spät dran und gedemütigt – von seinem gebrochenen Herzen ganz zu schweigen. Das Letzte, was er jetzt noch brauchen konnte, war eine Diskussion über Essen.

»Dann schauen wir doch mal nach«, meinte Jamie ungerührt. Sie steckte die Hand in die Tüte und zog sie mit einem halb zerbröselten Fruchtriegel wieder heraus, der mit ... *irgendetwas* ... überzogen war. »Kann ich einen haben?«, fragte sie und ließ ihn auch schon im Mund verschwinden. »Schyril, dasch schmeckt ja schuper!«, rief sie mit vollem Mund und weit aufgerissenen Augen. Sie schluckte. »Hmmm!«

»Du kannst sie haben«, sagte Cyril und bückte sich nach einem Kugelschreiber.

»Gehören die auch dir?«, fragte Jamie und sammelte ein paar Hefte und Blätter ein, die noch auf dem Bürgersteig lagen.

»Was?« Cyril streckte die Hand aus, ohne hinzuschauen.

»Ah, das berühmte AICA«, bemerkte Jamie nach einem Blick auf den Umschlag einer Broschüre.

Als Cyril aufschaute, sah er Jamie in seiner AICA-Broschüre blättern. Er riss sie ihr aus der Hand, stopfte sie in seinen Rucksack und zog den Reißverschluss zu. »Die muss mir bei der Arbeit zufällig zwischen die Finger gekommen sein. Ich arbeite im AICA.«

»Ach ja? Richtig kochen und so?«

»Äh, nein. Ich spüle nur Geschirr. Nichts Großartiges.« Cyril redete schnell, hauptsächlich deshalb, weil ihm das ganze Gespräch gegen den Strich ging. Und jedes andere Gespräch übrigens auch.

»Ich weiß nicht«, meinte Jamie, »dann nimmst du die Busfahrt auf dich, nur um Geschirr zu spülen?« Sie schaute ihn prüfend an.

»Bis dann, Jamie.« Cyril drehte sich um und ging. Fragen wollte er erst mal keine mehr hören. Es gab nur eine Sorte guter Fragen, und das waren die mit guten Antworten. Doch gute Antworten schienen in letzter Zeit Mangelware zu sein.

Selbst gemachte Feigenriegel

Die Füllung:

- 1 Tasse Zucker
- 1½ Tassen getrocknete Feigen, in sehr kleine Stücke geschnitten
- ½ Tasse Walnüsse, ebenfalls in kleinen Stücken
- ½ Tasse Wasser

1. Gib alle Zutaten in einen mittelgroßen Topf und bringe sie bei großer Hitze zum Kochen.
2. Dann schaltest du die Temperatur auf die niedrigste Stufe zurück und lässt alles 10 Minuten köcheln. Dabei öfter umrühren. Die Masse sollte dick und zäh werden.
3. Den Topf zum Abkühlen beiseite stellen.

Das Drumherum:

- 1 Tasse braunen Zucker
- gut 100 g weiche Butter
- 1 Prise Salz
- 1 Teelöffel frisch geriebene Muskatnuss
- 2 Teelöffel Vanille-Extrakt
- 2¼ Tassen Mehl
- 2 Tassen zarte Haferflocken

1. Heize den Ofen auf 190° vor.
2. Verrühre Zucker und Butter etwa 3–4 Minuten mit

dem elektrischen Rührgerät auf höchster Schaltstufe, bis eine cremige helle Masse entsteht.

3. Gib Salz, Muskatnuss und Vanille dazu. Schalte das Rührgerät auf die niedrigste Stufe und rühre 1 ¾ Tassen Mehl und die gesamte Menge Haferflocken in die Masse, bis sie bröselig ist.
4. Streiche zwei Drittel des Teigs in eine ungefettete, rechteckige Form von zirka 23 x 33 cm.
5. Verteile die abgekühlte Feigen-Zucker-Füllung gleichmäßig darauf.
6. Knete den Rest des Mehls mit den Händen in den übrig gebliebenen Teig und brösle ihn über die Feigen-Füllung.
7. Backe die Masse 25–30 Minuten. Lass sie in der Form abkühlen und schneide sie dann in Riegel.

Zwiebelsuppe

»Sie ist ganz versessen auf diese Küchentisch-Kekse, ob du's glaubst oder nicht. Sie wollte nicht glauben, dass ich sie selbst gemacht habe.«
Und Cyril konnte nicht glauben, was er da hörte. Er war auf dem Heimweg von der Arbeit noch zu Wal-Mart gegangen, um die Zutaten für eine überbackene Zwiebelsuppe zu besorgen. Es gab nichts Besseres als einen Teller Suppe mit leicht angebräunten Zwiebeln, bedeckt mit einer Schicht geschmolzenem Käse, um ihn von seinem Kummer abzulenken. Wobei sich jede Hoffnung auf Ablenkung natürlich in dem Moment verflüchtigte, als er Nick traf. Wie weit war es mit der Welt gekommen, wenn man nicht mal mehr in Ruhe bei Wal-Mart einkaufen konnte?
»Ach ja? Ich frag mich, warum!« Cyril marschierte, ohne seinen Schritt zu verlangsamen, Gang sieben hinunter. Wenn Rose auf der Party doch nur einen Bissen von den Küchentisch-Keksen versucht hätte! Dann hätte sie den Geschmack vielleicht wieder erkannt und gemerkt, dass sich hier jemand mit fremden Federn schmücken wollte.
»Na ja. Ich meine, ich habe nicht behauptet, ich hätte sie gebacken. Aber ich habe auch nicht gesagt, dass ich sie nicht gebacken habe. Ich dachte nur, du woll-

test deine ganzen Koch- und Backkünste geheim halten. Du bist der verdeckte Chefkoch, Mann.«
Cyril antwortete nicht. Was hätte er auch sagen sollen? Nick hatte ja Recht – niemand sollte etwas von Cyrils Hobby erfahren. Nick war der einzige Freund, dem Cyril diesbezüglich traute. Für Nick war Cyrils Gewicht kein Thema. Es war fast so, als sähe er es nicht.
»Batman, im Ernst, was ist los? Du magst sie doch nicht etwa, oder?« Nick hatte ihn fast eingeholt.
Was spielt das jetzt noch für eine Rolle?, dachte Cyril bitter und ging noch schneller. Für ihn war die Sache erledigt. Offensichtlich hatte sie sich bereits für Nick entschieden. Sie konnten tun und lassen, was sie wollten. »Sie ist nicht einfach nur ein Mädchen, weißt du. Rose ist etwas *Besonderes*.«
»Weiß ich doch, Mann. Mach dir deshalb mal keine Gedanken.« Nick hob die Hand und wollte Cyril abklatschen, doch dem war im Augenblick nicht nach Verbrüderung zu Mute. Deshalb tat er so, als sei er ganz vertieft in den Preisvergleich von Lötlampen. Er betrachtete gerade ein sehr teures Exemplar, als Nick das Lampenstudium unterbrach. »He, Mann, kannst du mir beibringen, wie man kocht?«
Cyril versuchte nicht seinen Schock zu verbergen. »Was? Du willst kochen lernen?«
»Ja. So wie du. Kannst du mir ein paar Stunden geben?«
Das tat weh. Als reichten ein paar Stunden, um kochen zu lernen. Cyril wusste nicht, was er sagen sollte.

Er bemühte sich desinteressiert zu klingen. »Warum willst du es denn lernen?«
»Ich will ein Essen für Rose zubereiten.«
»Ach so.« Cyril ging weiter.
»Was ist? Meinst du nicht, dass ihr das gefallen würde? Gestern war sie schließlich ganz begeistert von diesen Keksen. Richtig beeindruckt. Deshalb dachte ich, ich mache mal was ganz Besonderes für sie.«
»Weshalb führst du sie dann nicht zum Essen aus wie jeder andere normale Mensch auch?«
»Ach, Cyril. Sie wird doch bestimmt ständig zum Essen ausgeführt. Ich will etwas Besonderes machen. Ich will mich richtig um sie kümmern. Ich habe sie schon gefragt, ob sie mit mir zur Schulparty kommt, aber sie geht mit Jamie hin. Ein Abendessen für sie zu kochen wäre fast genauso gut.«
Er will sich um sie kümmern? Cyril verschluckte sich und keuchte. »Warum nur ein Abendessen, Mann?«, fragte er zynisch. »Warum kochst du kein Fünf-Gänge-Gourmet-Menü für sie? Warum verwandelst du dich nicht gleich in einen Drei-Sterne-Koch?«
»Mann!« Cyrils Zynismus war an Nick gänzlich verloren. »Das ist doch ein Wort! Kannst du mir dabei helfen?«
»Kann ich dir helfen?«, murmelte Cyril und versuchte sich an einer Supermarktangestellten vorbeizuschieben.
»Kann ich dir helfen?« Auf dem Namensschild an ihrer Polyesterschürze stand Arlene. Sie ließ das Etikettiergerät zum Auszeichnen der Ware wie eine Pistole

um den Finger kreisen. Und sie machte Kaugummiblasen wie das Mädchen am Empfang im AICA, das noch niemals freundlich zu Cyril gewesen war.
»Nein danke«, erwiderte Cyril rasch. Und fügte ein »Entschuldigung« hinzu, als er sie im Vorbeigehen anrempelte.
»Mach dich vom Acker«, zischte Arlene. »Die Abteilung für Übergrößen ist dort hinten.«
Cyril tat so, als hätte er es nicht gehört, und hoffte, Nick würde genauso reagieren. Er ging weiter, Nick folgte ihm.
Sie waren gerade mal zwei Schritte gegangen, als Arlene noch einen draufsetzte: »Loser.«
Cyril schaute sie nicht an. »Komm, Nick, gehen wir.« Er trat hinter Nick und wollte ihn vor sich herschieben.
»Nein.« Nick schüttelte ihn ab. »Cyril, ich glaube das Fräulein hat gerade etwas zu uns gesagt, aber ich habe sie nicht richtig verstanden. Tut mir Leid, Arlene.« Nick schaute mit zusammengekniffenen Augen auf ihr Namensschild. »Ich habe dich nicht richtig verstanden. Was hast du gesagt?«
»Man spricht es Ar-lay-na aus«, sagte Arlene.
»Das wusste ich nicht, Ar-lay-na. Betonung auf dem *lay*, richtig? Deine Bluse gefällt mir. Würdest du bitte noch einmal wiederholen, was du gerade gesagt hast?«
Arlenes Kaugummiblasenproduktion ließ nach. Sie schaute Nick ausdruckslos an. Cyril fiel auf, dass sie an jedem Finger einen Ring trug, auch an den Daumen. »Nichts«, murmelte sie.

Wütend sah Nick sie an. »Das habe ich aber anders in Erinnerung.« Dann wandte er sich an Cyril und sagte: »Gehen wir«, wobei er nur die Lippen bewegte.
Plötzlich hatte Cyril ein ganz schlechtes Gewissen, weil er ihm nicht helfen wollte. Nick war ein guter Kerl. Er stellte sich immer auf Cyrils Seite, ohne zu überlegen, ob das seinem Image schaden könnte. Das Mindeste, womit Cyril sich revanchieren konnte, war ihm den Gefallen zu tun.
»Also, Superstar, was hast du dir für dein Abendessen mit Rose denn so vorgestellt?«
Was hatte Cyril schon zu verlieren? Er selbst hatte ja doch keine Chancen bei Rose. Außerdem konnte er Nick nicht allein in der Küche lassen. Der Gedanke an Lebensmittel, die schlecht behandelt wurden, machte ihn zu traurig.

Zwiebelsuppe

(Wenn du bei Wal-Mart einkaufen musst, meide Gang sieben.)

- 3 große, in Ringe geschnittene gelbe Zwiebeln
- 20 g Butter
- 4 Esslöffel Olivenöl
- 2 Knoblauchzehen, fein gehackt
- 2 Esslöffel Mehl
- getrocknete Kräuter nach Wahl, z. B. Thymian, Estragon oder eine Kräutermischung. (Rieche an den Behältern, um herauszufinden, was du am liebsten magst.)
- etwas Salz und frisch gemahlenen Pfeffer zum Abschmecken
- 8–10 Tassen Hühner-, Gemüse- oder Rindfleischsuppe
- Französisches Weißbrot
- ¾ Tassen geriebener Käse, z. B. Gruyère
- 1 Döschen geröstete Zwiebeln (wenn du magst)

1. Erhitze in einer gusseisernen Pfanne bei hoher Temperatur die Hälfte der Butter und des Olivenöls, bis sich Bläschen bilden.
2. Bevor die Butter braun wird, gibst du eine in Ringe geschnittene Zwiebel hinein und frittierst sie ungefähr 10 Minuten, bis sie knusprig und stark gebräunt (fast schwarz) ist. Stelle sie beiseite und iss sie nicht. Zumindest nicht alle Ringe.
3. Schmilz die restliche Butter und das Olivenöl in einem Topf bei mittlerer Hitze. (Kann sein, dass du noch etwas Olivenöl zusätzlich brauchst.) Bevor die Butter braun wird, wirfst du die restlichen Zwiebeln

hinein und lässt sie unter ständigem Rühren mit einem Holzlöffel langsam kochen, bis sie goldbraun sind und der Duft dir das Wasser im Mund zusammenlaufen lässt, was nach 15–25 Minuten der Fall ist. Nimm den Topf vom Herd, wirf den Knoblauch hinein und rühre gut um.

4. Stelle den Topf auf den Herd zurück, schütte das Mehl hinein und rühre wieder gut um. Gib die Kräuter dazu, Salz und Pfeffer und immer schön rühren. Gieße langsam die Brühe dazu und bringe sie zum Kochen. Lass sie mindestens 30 Minuten köcheln, damit die Aromen sich verbinden können. Während die Suppe köchelt, heizt du den Grill vor für den Käse.
5. Schneide fingerdicke Scheiben von dem Baguette und toaste sie leicht. Lege sie auf ein Kuchenblech, bestreue sie mit geriebenem Käse und schiebe sie unter den Grill, bis der Käse geschmolzen ist und gerade anfängt braun zu werden und Blasen zu werfen. Das dauert ungefähr 2 Minuten. (Behalte ihn im Auge, er verbrennt, wenn du nicht aufpasst.)
6. Lege die getoasteten Brotscheiben mit dem Käse in tiefe Suppentassen und schöpfe die Suppe darüber. Streue die knusprig gebratenen Zwiebelringe und, wenn du magst, auch noch geröstete Zwiebeln darüber. Serviere die Suppe mit einem grünen Salat.

Fondue für zwei

Irgendwo zwischen dem Gefühl, er schulde Nick einen Gefallen, und der Überzeugung, wahrscheinlich nie näher an Rose herankommen zu können, hatte Cyril zugestimmt eine üppige, romantische Überraschung für Rose zu zaubern. Eine, von der sie garantiert begeistert sein würde, denn er kannte sie gut. Außerdem hatte er ohnehin keine anderen Pläne für den Abend der Schulparty.

Am Anfang stand das Einkaufen. Nick bediente sich aus dem »Unterhalts-Fonds«, den sein Vater eingerichtet hatte, bevor er und Nicks Mutter sich trennten. Cyril ging zum Bauernmarkt, zu Coleman's, einem Spezialgeschäft für Molkereiprodukte, und zum Oregano. Nick machte sich auf den Weg nach Poughkeepsie, um ein Pfund Schweizer Gruyère zu besorgen.

»Soll ich noch was mitbringen, wenn ich schon unterwegs bin«, hatte er gefragt. »Steaks oder so etwas?«

»Nick. Gut aussehen ist nicht alles. Jetzt pass gut auf: Deine angeblich zukünftige, im Moment aber noch solo durch die Welt gehende Freundin ist Vegetarierin.« Nick schien wie vom Donner gerührt. »Man schreibt es V-e-g-e . . .«

»Tatsächlich? Also, ich wusste es ja . . .«

Cyril schaffte die ganzen Einkäufe vor seiner 15-Uhr-

Schicht am AICA und war um 18.30 Uhr wieder in Nicks riesigem, kaltem, leerem Haus. Er orientierte sich in der kärglich bestückten Küche und presste die Handflächen auf die helle, marmorne Arbeitsplatte. Er fand kein Schneidbrett. Er fand kein Messer. Er war froh, dass er seine eigenen Sachen mitgebracht hatte.

Nick bekam die einfache, aber zeitaufwändige Arbeit des Salatputzens, -waschens und -trockenschleuderns zugewiesen. Alles andere übernahm Cyril.

Während er das Essen zusammenstellte, musste er unwillkürlich an Rose denken. Beim Schalottenschneiden sah er ihr Gesicht über dem Tresen schweben. Er stellte sich beim Kartoffelschälen den Schwung ihres Kiefers gleich unterhalb des Ohrs vor. Er malte sich aus, wie ihr Pferdeschwanz ihren Nacken streichelte, während er ein halbes Beet Kräuter hackte. Er fragte sich, was sie sagen und was sie tun würde, wenn sie dieses Essen probierte. Und dann versuchte er nicht mehr daran zu denken.

Cyril arbeitete konzentriert und effizient. Messer hackten, Schranktüren wurden geöffnet und geschlossen, Gasflammen angezündet, Zutaten vorbereitet, geschnitten, gewürzt und beiseite gestellt. Cyril bewegte sich in der Küche wie ein Sportler, flitzte von Spülstein zu Arbeitstresen zu Herd. In rascher Folge verwandelte sich der Inhalt der Einkaufstüten in Berge von Zutaten.

»Mann, du bist aber voll in Zone K.!«, neckte ihn Nick.

»Zone K.« war ihr Ausdruck für den Zustand, in den

Cyril verfiel, wenn ihn das Kochfieber packte. Cyril antwortete nicht, sondern schälte weiter konzentriert seine Knoblauchzehen.

Als Nick nach oben ging, um sich umzuziehen, überprüfte Cyril den aktuellen Stand der Dinge. Das Brot war getoastet und in Stücke gebrochen. Der Käse war gerieben und zu einem hohen Berg aufgetürmt. Die Kartoffeln brieten und erfüllten die Küche mit ihrem Duft. Die Salatsoße war fertig, Sahne und Milch waren abgemessen und die Schokolade war gehobelt. Cyril ging durchs Haus zu der im spanischen Stil gepflasterten Pergola, wo er an diesem milden Spätsommerabend den Tisch gedeckt hatte. Zwei Kupferschalen standen bereit und etliche Kerzen warteten darauf, angezündet zu werden. Das mattierte Edelstahlbesteck war sorgfältig ausgerichtet, Salz- und Pfefferstreuer standen in Reichweite. In einer Ecke türmte sich eine Pyramide aus Birnen und Äpfeln. Der Tisch war schön gedeckt, aber Cyril erschien er irgendwie langweilig. Er kratzte sich am Kopf.

In dem Moment kam Nick aus dem Haus gestürmt. Er strich sich das Haar glatt. »Wie sehe ich aus?«

Cyril drehte sich zu ihm um. *Was wird sie wohl sagen, wenn sie die Wahrheit erfährt?* Sekundenlang war sich Cyril nicht sicher, ob er es laut gesagt hatte oder nicht. Er hoffte nicht. Dieses Essen sollte durch seine Gefühle für Rose nicht beeinträchtigt werden, das hatte er sich fest vorgenommen.

»Wie sehe ich aus?«, wiederholte Nick.

»Du siehst super aus, Mann«, antwortete Cyril, ohne aufzuschauen. »Und? Bist du bereit die Rose zu pflücken?«

Nach einem letzten hektischen Durchgehen des Plans und einem endgültigen Uhrenvergleich war Nick aus dem Haus und saß hinter dem Steuer seines Shadow. Die Operation war angelaufen, jetzt gab es kein Zurück mehr.

Nick konnte das Ende der Straße noch nicht erreicht haben, als Cyrils Handy auch schon klingelte.

Nick klang alles andere als ruhig. »Sollte ich ihr nicht Blumen oder so etwas mitbringen?«

»Halte dich an den Plan«, sagte Cyril und legte auf. Er ging zurück in die Küche, wo er die Salatsoße in einen kleinen Krug goss.

Zehn Minuten später läutete das Handy erneut. »Mann! Ich bin drin. Ich bin durch den Nordeingang rein, aber es war knapp. Hier ist eine ganze Armee von Mädchen in Schlauchkleidern und mit Namensschildern. Ich komme kaum von der Stelle.«

»Bleib ganz ruhig«, sagte Cyril und legte auf. Er ging wieder in die Pergola und arrangierte das gute Dutzend Kerzenhalter, das er auf dem Tisch verteilt hatte, immer wieder anders. Zweimal brachte er die Birnenpyramide zum Einsturz.

Wieder klingelte das Handy. Cyril ging dran und sagte: »Sieh zu, dass du so schnell wie möglich in die Turnhalle kommst. Misch dich unters Volk und vollende die Mission schnell.« Er legte auf und schaltete Nicks Stereoanlage – das Feinste vom Feinsten – ein.

Er schob eine CD mit Schmuseliedern hinein, die Nick extra für diesen Abend gebrannt hatte.
Wieder klingelte das Handy. Dieses Mal brüllte Cyril: »Was jetzt?«
Eine Verbindung war da, doch niemand meldete sich. Cyril lauschte konzentriert. Er hörte Musik im Hintergrund, einen Missy-Elliot-Song, leises Stimmengemurmel, gelegentlich übertönt von dem hohen Kreischen, zu dem nur Mädchen mit erhöhtem Adrenalinspiegel fähig sind, und das Klicken hoher Absätze auf dem versiegelten Turnhallenboden. Cyril nahm an, dass Nick das Handy in seine Tasche gesteckt und versehentlich die Wiederwahl-Taste gedrückt hatte.
»Aloha!«, flötete eine hohe, durchdringende Stimme. »Ihr kommt spät. Wart ihr vorher schon am Zapfhahn?! Ha-ha-ha-ha!« Cyril identifizierte das Lachen als das von Christina Cartagena, Vorsitzende des Schulparty-Ausschusses, die etwas zu enthusiastisch auf das diesjährige Party-Motto »Der-Mond-über-Waikiki« reagierte, das ihr Thema seit der letztjährigen Schulparty gewesen war.
Cyril behielt das Handy am Ohr. Der DJ hatte zu einer langsamen Melodie gewechselt und das Stimmengewirr legte sich etwas. Cyril hörte Nicks Turnschuhe auf dem Hallenboden quietschen. Mandy keuchte in die Küche und er warf ihr einen Kauknochen zu.
»A moment like thiiiiiiis . . .«!, dudelte es aus der Anlage, und obwohl Cyril diese schmalzige Musik hasste, überließ er sich einen Augenblick lang der Stimmung und wünschte, er sei auf der Party und hielt Rose im

Arm. Sie wiegten sich zu der Schmalzmelodie und erklärten sie zu *ihrem* Song. Mit hohen Absätzen war sie ein klein wenig größer als er. Sie hatte ein schwarzes oder grünes Kleid an und trug das Haar offen. Die Augen hinter den Brillengläsern glänzten, er hörte sie dicht neben sich tief atmen und spürte, wie sie den Kopf an seine Schulter bettete und ihn sanft auf den Hals küsste.

Cyril fuhr sich mit dem Schälmesser in den Finger und ließ es fallen. »Autsch!« Ende des Tagtraums.

Er konzentrierte sich wieder auf das Handy, hörte Nick herumlaufen, schnappte Unterhaltungsfetzen auf und dann – bingo.

»Rose. Psst! Rose!« Halb flüsterte Nick, halb rief er.

»Nick!«, rief-flüsterte Rose überrascht. »Was machst du denn hier?«

Nick räusperte sich. »Du siehst umwerfend aus«, sagte er. Nach einer kurzen Pause fuhr er steif fort: »Ich bin gekommen, um dich von hier wegzuzaubern. Ich bin gekommen, um dich an einen schöneren Ort zu entführen. Komm mit mir.«

Cyril verdrehte die Augen. Ein guter Schauspieler war Nick nicht. Er ließ die Apfelspalten in eine Schüssel mit Wasser und einem Spritzer Zitrone gleiten, damit sie nicht braun wurden.

»Ausgeschlossen! Jamie bringt mich um!«, protestierte Rose. »Was meinst du überhaupt mit ›mich entführen‹?«

»Was ich damit meine? Ich will dich entführen. Dich von hier wegbringen. Ich will einen wirklich romanti-

schen Abend mit dir verbringen. Das meine ich. Hast du Hunger?«
»Ich . . . äh . . . Du siehst super aus, Nick. Ich würde gern mitkommen, es ist nur so . . . Du weißt doch, dass ich mit Jamie hier bin.«
»Jamie sieht mir ziemlich beschäftigt aus da drüben mit Trent Dufresne und Kyle Abrams.«
Cyril konnte sich vorstellen, wie Nick über die Tanzfläche zu Jamie hinüberzeigte, die wahrscheinlich eingekeilt zwischen den Jungs stand.
»Keine zynischen Bemerkungen, bitte. Wir sind schließlich zusammen hier«, sagte Rose.
»Sieht mir von hier aus irgendwie nicht danach aus. Jetzt komm, Rose, sag Ja.« Nick lag inzwischen wahrscheinlich vor ihr auf den Knien. »Komm mit mir. Du wirst es nicht bereuen, das verspreche ich dir.«
»Ich, hm . . .« Cyril hörte, wie sich ein Lächeln auf ihrem Gesicht ausbreitete. »Diese Schuhe bringen mich noch um.«
Einen Augenblick lang war es still. Cyril ertappte sich dabei, wie er sich vorbeugte und intensiv lauschte. Küssten sie sich? Nick brach das Schweigen mit der Frage: »Soll ich dich huckepack nehmen?«
»Ja!« Roses Antwort war so laut, dass Cyril das Ohr dröhnte. Er machte einen Satz rückwärts. Gedämpftes Gerangel von jemand, der huckepack genommen wird, und ein leises Klirren waren zu hören. »Meine Brille!«, rief Rose. »Meine Brille!«
Das nächste gedämpfte Gerangel hielt Cyril schon nicht mehr aus. Er legte auf.

Cyril machte einen letzten Kontrollgang durch die Pergola, um sicherzugehen, dass alles bereit war. Er knipste das Licht aus und zündete mit einem Streichholz die Kerzen an. Der Tisch und die gesamte Pergola, noch vor wenigen Augenblicken ohne Leben, erschienen plötzlich in einem warm flackernden, lebendigen Licht. Die Gläser blitzten, die Teller glänzten, die Äpfel erröteten. Alles wurde wunderschön.
Als die Scheinwerfer von Nicks Wagen in der Einfahrt auftauchten, schlüpfte Cyril ins Haus und stellte die Musik etwas lauter. Sie würde ihm extra Deckung verschaffen, und außerdem wollte er denen da draußen nicht zuhören müssen.
Doch sobald Nick und Rose die Pergola betraten, wusste er, dass die Musik nicht viel überdecken würde. Er hörte noch jede Menge. »Oh, wow!«, rief Rose und zog gleichzeitig scharf die Luft ein. Wahrscheinlich stand sie gerade vor dem von Kerzen erleuchteten Tisch. »Wow! Nick, ich . . . ich weiß gar nicht . . . was ich sagen soll . . .!« Dann einen Augenblick Stille. Küssten sie sich? »Das ist unglaublich!«
»Freut mich, dass es dir gefällt«, sagte Nick. »Setz dich. Sag Mandy Guten Abend. Ich hole uns derweil etwas zu trinken.«
»Beeil dich«, sagte Rose.
Cyril hörte, wie die Schiebetür geöffnet und wieder geschlossen wurde. Nick kam in die Küche gesprintet und reckte die Faust in die Höhe. Seine Lippen formten ein »Wow! Super. Es funktioniert!«.
Cyril fiel nur eine Sache ein, die Nick zu einem sol-

chen Enthusiasmus hinreißen konnte. »Hast du sie geküsst?« Die Frage war ihm herausgerutscht, bevor er sich die Vorzüge einer gelassenen Haltung wieder vor Augen führen konnte.

»Noch nicht, mein Junge. Noch nicht.«

Cyril verdrehte die Augen, drückte Nick zwei Gläser mit prickelnder Ingwerlimonade in die Hände und schickte ihn zurück in die Pergola. Die Worte *»noch nicht«* implizierten *»aber bald«*. Cyril begann dieser ganze Plan gewaltig zu stinken.

Er spitzte die Ohren, um zu hören, worauf sie anstießen. »Sollen sie sich mit ihrem Mond über Waikiki amüsieren!«, sagte Nick. »Wir trinken auf den Mond über ... hm ... unbekanntem Ort im Norden des Staates New York.« Die Gläser klirrten. Kopfschüttelnd rührte Cyril den Gruyère ein letztes Mal um und schüttete ihn dann in den ziegelroten Fonduetopf von Nicks Eltern aus den 70er-Jahren. Er steckte einen Finger ins Fondue und probierte. Perfekt. Als Garnierung sprenkelte er ein paar Toastkrumen darüber, bewunderte sein Werk und fragte sich, ob *»noch nicht«* wohl gerade zu *»jetzt«* wurde.

Im Flur waren wieder Turnschuhschritte zu hören. Nick stürmte zum zweiten Mal in die Küche.

»Der Mond über unbekanntem Ort im Norden des Staates New York«, höhnte Cyril.

»Ich weiß, ich weiß, aber was anderes ist mir nicht eingefallen«, wisperte Nick und fuhr sich mit der Hand über die Stirn. »Wie weit sind wir hier drin, Chef?«

»Ich bin in Zone K.«, log Cyril. »Das Fondue ist fertig. Leg das Brot und die Fonduegabeln aufs Tablett, dann bringe ich den Fonduetopf. Beweg dich.«
Nick legte die Gabeln aufs Tablett. Cyril war direkt hinter ihm und stellte den Fonduetopf, randvoll mit duftendem, geschmolzenem Käse daneben. Nick nahm das Tablett und wollte es hinaustragen. »Warte!«, zischte Cyril. »Die Kartoffeln.« Er schob die knusprigen Kartoffelscheiben vom Backblech in eine große Rührschüssel, streute grobkörniges Salz, Pfeffer und Kräuter darüber und mischte alles vorsichtig durch. Dann ließ er sie auf eine ziegelrote Keramikplatte gleiten. Sie glänzten verführerisch.
Nick steckte sich eine Scheibe in den Mund. »Aaaau!«, jodelte er.
»Sie sind heiß«, bemerkte Cyril.
»Danke.« Nick grinste. »Haben wir Ketschup?«
Cyril funkelte ihn an. »Nein. Verschwinde.«
»Wann komme ich wieder?«
»Wenn das Fondue alle ist, Blödmann.«
Dann war Nick auf dem Flur und draußen in der Pergola. Cyril wartete darauf und hörte prompt Roses halb gehauchtes und halb gerufenes »Wow, Nick, du bist phantastisch!«.
Während der nächsten Viertelstunde hörte er Kichern, was schlimm war, und gar nichts, was die Hölle war. Cyril hing den Geräuschen und Nichtgeräuschen nach und der Vorstellung von Rose, wie sie bei jedem Bissen kurz die Augen schloss.
»Wo ist es?« Roses Stimme war viel zu nah und Cyril

riss erschrocken die Augen auf, als er sie hörte. Er hielt den Atem an. Offensichtlich war sie im Haus.
»Äh, oben.« Nick, ebenfalls im Haus, klang nervös. Überall waren plötzlich Schritte zu hören.
»Gibt es hier unten keine Toilette?« Jetzt kamen die Schritte näher, waren direkt vor der Küchentür und Mandy begann draußen in der Pergola zu bellen.
»Kann ich durch die Küche gehen?« Mit weit aufgerissenen Augen und immer noch atemlos, duckte sich Cyril hinter die Arbeitstheke und hoffte nur, dass sie seinen Schatten nicht sah.
»Nein, hier unten gibt es keine Toilette!«, sagte Nick. Hoffentlich behält er ausnahmsweise einen kühlen Kopf, dachte Cyril.
»Also, es gibt eine, aber sie . . . äh . . . ist kaputt. Ja. Die Toilette. Das willst du dir sicher nicht antun.«
»Verstehe.« Die Schritte entfernten sich und Cyril konnte endlich wieder ausatmen. Er lauschte und hörte von der Treppe her ein Kichern.
Okay, jetzt küssen sie sich.
Nachdem Cyril Nick mit dem letzten Gang, dem Schokoladenfondue, hinausgeschickt hatte, schlich er sich auf den Flur, um einen Blick durch die Schiebetür zu riskieren. Nur einen schnellen Blick. Er wollte *sie* nur kurz sehen.
Als er die Tür erreichte, verschlug es ihm schon wieder den Atem. Die Pergola, die ihm zunächst ohne Leben, dann wunderschön erschienen war, lebte nun und war wirklich etwas ganz Besonderes. Rose saß in einem rückenfreien dunkelbraunen Shirtkleid, das

dieselbe Farbe hatte wie ihre Augen, auf der Bank. Sie hatte die Beine untergeschlagen. Braune Sandaletten lagen auf dem Boden, womöglich schon vor längerer Zeit abgestreift. Das braune Haar fiel ihr offen auf die Schultern und betonte ihre helle Haut, indem sie sie noch heller erscheinen ließ. Mandy hatte ihren Kopf in ihren Schoß gelegt und schlief.
Rose fröstelte. Sie griff hinter sich und legte sich eine Stola aus den 50er-Jahren um die Schultern. Cyril hätte ihr liebend gern seine Jacke gegeben oder ihre Hände zwischen seinen gewärmt oder die leichte Brise abgestellt – alles, damit sie nicht zu frieren brauchte. Doch er blieb stumm und unsichtbar. Rose lächelte Nick an.
Nick spießte eine Erdbeere auf eine Fonduegabel und zog sie langsam durch den Topf mit samtbrauner Schokolade, etliche Nuancen dunkler als ihr Kleid. Er führte die Gabel zu ihrem Mund, sie öffnete ihn, langsam, immer noch lächelnd. Die Augen behielt sie offen. Sie neigte den Kopf, um die Erdbeere von der Gabel zu pflücken, doch im letzten Moment zog Nick die Gabel zurück und brachte sein Gesicht ganz dicht vor ihres. »Hallo, Rose«, sagte er.
Einen Augenblick lang schaute sie ihn erschrocken an. Dann hauchte sie: »Hallo.«
Nick beugte sich noch weiter vor.
»Du weißt doch«, sagte Rose, »dass man sich nie zwischen ein Mädchen und ihre Schokolade drängeln sollte.«
Jetzt war Nick derjenige, der erschrocken dreinschaute. »Bitte?«

»Schokolade«, flüsterte Rose. Sie fasste sein Handgelenk und führte die Erdbeere an ihren Mund. »Hm«, machte sie und umschloss sie mit den Lippen.
Nick spießte die nächste Erdbeere auf, tauchte sie ein und steckte sie sich selbst in den Mund. »Hm«, ahmte er sie nach. Cyril wünschte, er könnte den Blick abwenden.
Rose schlug Nick spielerisch auf die Schulter und sie lachten beide leise und nervös. Er beugte sich wieder vor, dicht zu ihrem Gesicht. »Noch einmal Hallo.«
Und dann kam der Moment, den Cyril gefürchtet hatte, seit er Nick und Rose zum ersten Mal zusammen auf der Kühlerhaube des Shadow gesehen hatte. Nick schaute Rose tief in die Augen, strich ihr mit der linken Hand das Haar zurück, hob mit dem rechten Zeigefinger ihr Kinn und küsste sie. Einmal kurz. Dann noch einmal, langsam.
Selbst durch die verspiegelte Glastür sah Cyril, wie ihre Blicke aneinander hingen, als ihre Gesichter sich voneinander lösten, und alles unter seiner Haut, vom Gehirn übers Blut zu den Knochen, rutschte ihm plötzlich in die Schuhe. Er versuchte seine Füße zu heben, sich von dem Anblick zu entfernen, aber sie waren wie einzementiert. Er versuchte den Kopf zur Seite zu drehen, doch sein Nacken war steif. Er versuchte die Augen zu schließen, hatte jedoch keine Gewalt über seine Lider. Er konnte sich nicht rühren und nicht aufhören zuzuschauen, wie das Mädchen, das er liebte, seinen besten Freund an sich zog, um ihn noch einmal zu küssen.

»Du schmeckst nach Schokolade«, hörte Cyril sie sagen.
Ohne sich um die Geräusche zu kümmern, die er möglicherweise machte, ging Cyril schweren Schrittes den Flur hinunter und zur Haustür hinaus, bog nach links in die Shingle Camp Hill Road ein und marschierte nach Hause. Er erinnerte sich nicht mehr, ob er den Herd ausgeschaltet hatte, aber eigentlich war es ihm auch egal.

Käsefondue
(Unendlich viel mehr als ein Topf geschmolzener Käse.
Eindeutig ein Geisteszustand.)

- 1 Knoblauchzehe
- 1 Baguette
- 1½ Tassen Weißwein (fast der gesamte Alkohol verdampft, mach dir also keine falschen Hoffnungen)
- 4 Tassen geriebenen Gruyère-Käse
- ½ Teelöffel geriebene Muskatnuss
- Salz und Pfeffer zum Abschmecken

1. Schneide die Knoblauchzehe in der Mitte durch und reibe den Fonduetopf damit ein. (Wasche dir nach diesem Schritt die Hände und reibe sie mit etwas Zitronensaft ein, sonst riechst du für den Rest des Abends nach Knoblauch.)
2. Schneide das Brot auf. Toaste die einzelnen Scheiben und zerpflücke sie in mundgerechte Stücke. Stelle sie beiseite.
3. Bringe den Wein in einem großen Topf bei starker Hitze zum Kochen. Schalte die Temperatur dann auf mittlere Hitze zurück.
4. Wirf eine Hand voll Käse nach der anderen in den Wein und rühre gut um dabei. Erst wenn eine Hand voll geschmolzen ist, kommt die nächste dazu. Ist der gesamte Käse im Topf und die Masse glatt und ohne Klümpchen, füge Muskatnuss, Salz und Pfeffer hinzu.

5. Zünde den Brenner unter dem Fonduetopf nach Anweisung auf der Verpackung an.
6. Gieße den Käse in den Fonduetopf. Bring ihn mit den Brotstücken und knusprigen Kartoffeln auf den Tisch.

Knusprige Kartoffelscheiben

- 4 mittelgroße, fest kochende Kartoffeln
- 1 Esslöffel Butter
- 1 Esslöffel Olivenöl
- ½ Teelöffel gehackte, glatte Petersilie
- grobes Salz (Meersalz) zum Würzen
- frisch gemahlenen schwarzen Pfeffer

1. Heize den Herd auf 190° vor.
2. Schneide die Kartoffeln in etwa 1 cm dicke Scheiben. Tupfe sie mit einem Haushaltstuch ab, bis sie vollkommen trocken sind.
3. Erhitze bei hoher Temperatur Öl und Butter in einem großen, für den Backofen geeigneten Bräter (wenn möglich aus Gusseisen), bis das Fett blubbert.
4. Lege die Kartoffelscheiben, eine nach der anderen, mit einer Zange in einer Lage nicht zu dicht nebeneinander in den Bräter. Vorsichtig, denn es spritzt leicht!
5. Brate sie etwa 5 bis 6 Minuten, bis sie auf der Unterseite knusprig sind. Umdrehen und auf der anderen Seite ebenfalls knusprig braun braten. Mit Salz bestreuen.
6. Schiebe den Bräter in den Backofen und brate die Kartoffeln in 15 bis 20 Minuten gar.

7. Nimm den Bräter aus dem Ofen und gib die Kartoffelscheiben mit Petersilie, Salz und Pfeffer in eine große Schüssel.

Ein einfacher Salat

- ☛ 2 große Hand voll gemischten grünen Salat
- ☛ ⅓ Tasse Olivenöl »extra virgine«
- ☛ 2 Teelöffel frisch gepressten Zitronensaft
- ☛ 1 Teelöffel körniger Dijon-Senf (wahlweise)
- ☛ Salz und Pfeffer zum Abschmecken

1. Den Salat sorgfältig waschen und trockenschleudern.
2. Falls genügend Zeit ist, lege die Salatblätter noch einmal für 2 Stunden in den Kühlschrank, bevor du sie servierst. Dann sind sie garantiert knackig.
3. Gib Öl, Zitronensaft und Senf in ein hohes Glas mit Deckel, verschließe es gut und schüttle.
4. Gib eine Prise Salz und etwas frisch gemahlenen Pfeffer dazu und schüttle noch einmal.
5. Gieße etwas von der Soße vorsichtig über den Salat. Nicht zu viel! Nimm weniger Soße, als du glaubst, dass du brauchst. Dazugeben kannst du immer noch, falls es wirklich nötig ist.

Schokoladen-Fondue
(Falls du sie damit nicht für dich gewinnen kannst, kannst du es vergessen!)

- ½ Tasse flüssige Sahne
- 340 g Schokolade, Zartbitter und Vollmilch gemischt
- 2 Teelöffel Instantkaffee
- Bananenscheiben
- Erdbeeren
- Puderzucker, falls gewünscht
- fertig gekauften Sandkuchen, in Würfel geschnitten

1. Erwärme die Sahne in einem kleinen Topf bei niedriger Temperatur.
2. Brich die Schokolade in Stücke, gib ein Stück nach dem anderen in die Sahne und lasse sie nacheinander schmelzen. Dabei ständig umrühren.
3. Hat sich die Schokolade ohne Klümpchen mit der Sahne verbunden, gib den Instantkaffee dazu. Schalte den Herd aus und rühre sorgfältig eine Minute weiter. Süße das Ganze, falls nötig, mit Puderzucker.
4. Gieße die Schokolade in einen angewärmten Fonduetopf. (Musst du für das Käse- und das Schokoladen-Fondue denselben Topf nehmen, spüle ihn zwischendurch gut aus!)
5. Bestäube das Obst mit Zucker, falls gewünscht, und spieße dann jeweils ein Stück Obst und einen Kuchenwürfel auf eine Fonduegabel, tauche sie in die Schokolade und schließe die Augen.

Käsetoast mit Senf

»Wam!«

Cyril konnte kaum glauben, dass er die Kochsendung »Emeril Live« tatsächlich eine Dreiviertelstunde lang ertragen hatte. Das einzig Positive daran war, soweit er es beurteilen konnte, dass sie fast zu Ende war. Er wollte nach dem nächsten Toast greifen, doch der Teller war leer. Er hievte sich von der Küchencouch und ging zur Arbeitstheke, um Nachschub zu machen.

»Warum fügen wir Fleischextrakt hinzu? *Weil es besser schmeckt*!«, verkündete Emeril viel zu laut. Die Studiogäste applaudierten ihm während der gesamten Zubereitung der Schweinesteaks, die er in Soße schwimmen ließ, und lauschten seinen Ausführungen so ehrfürchtig, wie die Gemeinde ihrem Pfarrer lauscht.

»Wam! Juhu!«

Cyril hasste die Sendung. Aber er hasste sie so wie andere Big Brother. Er hasste sie, aber er liebte es, zuzuschauen.

»Halt die Klappe!«, zischte er den Fernseher an, während er Senf auf eine getoastete Baguettescheibe strich. »Du gehst mir auf die Nerven. Und deine Studiogäste noch mehr. Du kennst ja nicht mal den Unterschied zwischen *mirepoix* und der Raumstation Mir!« Er legte zwei Scheiben Cheddar und vier Scheiben Schweizer Käse auf seine Brote. »Ihr geht mir auf die Nerven und auf den Geist und auf alles andere dazwischen auch!« Cyril schob die Brote unter den Grill und wartete, bis sie Blasen warfen. »Emeril nervt«, flüsterte er dem Käse zu.

Er wusste, dass sein Verhalten im Moment nicht ganz normal war, aber das kümmerte ihn nicht. Er trug den Teller mit den fertigen Broten zu seinem Platz auf der Couch.

Er wünschte, er könnte die ganze Geschichte Alice erzählen. Er wusste genau, was sie sagen würde. Etwas in der Richtung von »*Cyril! Reiß dich zusammen. Jetzt reicht's! Konzentriere dich auf dein eigenes Leben und überlass es den anderen, sich um ihres zu kümmern. Egal, ob Rose und Nick als Paar enden oder ob sie sich bald nicht mehr ausstehen können – du willst nicht dazwischen stehen.*« So deutlich würde sie es ausdrücken. Bei ihr würde es vollkommen vernünftig klingen. Genau so wäre es.

Allerdings wollte er nicht wirklich darüber reden. Weder mit ihr noch mit sonst jemandem. Er griff nach seinem dritten Käsetoast – war es wirklich erst der dritte? – und streckte sich zum Essen lang auf der Couch aus.

Irgendwann hörte er Nicks lautes Flüstern an der Hintertür und merkte, dass er eingenickt sein musste. Im Hintergrund blubberte Emeril seinen Gästen immer noch etwas vor.

»Mandy! Pssst! Sitz. Platz. Sitz. Jetzt komm schon. Braves Mädchen. Okay, und bleib. Schön brav sein, Mandy. Ich liebe dich. Ich liebe dich. Und wie.«

Cyril verdrehte hinter geschlossenen Lidern die Augen. Er rollte sich auf die Seite, sodass er dem Fernseher den Rücken zukehrte. Er versuchte wieder einzuschlafen, da er wusste, dass er sich mit Schlaf am ehesten vor Nicks detailliertem Bericht schützen konnte. Doch irgendwie freute er sich auch über Nicks Auftauchen. Außerdem: Solange Nick bei ihm war, bedeutete dies, dass er nicht bei Rose war, und das war gut. Nicht ganz so gut, als wenn Rose jetzt anstatt Nick hier gewesen wäre, aber fast.

Cyril lauschte konzentriert auf die Geräusche in seinem Haus. Er hörte, wie die Hintertür sich quietschend öffnete und eine Diele nach der anderen unter Nicks Schritten knarrte. Er hörte das Ächzen der Kühlschranktür und das Quietschen von Nicks Turnschuhen auf dem Holzfußboden.

Und er hörte Nick. »Cyril?«, flüsterte er laut. »Bist du wach? He, Mann, wir haben's geschafft! Wahnsinn! Diese Schokolade war der Bringer. Besser hätte es gar nicht laufen können!«

Cyril, der inzwischen hellwach war, hielt die Augen geschlossen und atmete langsam und schwer. Er wollte, dass Nick den Mund hielt.

Er spürte, wie Nick sich ans Fußende der Couch setzte. *Plopp.* Ein Turnschuh wurde abgestreift. *Plopp.* Der zweite. Er hörte, wie Nick etwas vom Tisch nahm, und lauschte, als das Zappen losging und umgeschaltet wurde vom Gourmet-Sender zur Titelmelodie von *Twilight Zone*, zur Werbung für Saubermax, zu einer dröhnenden Stimme, die über den Drei-Schluchten-

Damm am Jangtse referierte, zu einer Wiederholung von *Scooby-Doo*.
Cyril hörte, wie Nick nach dem letzten Käsetoast griff und hineinbiss. Mandys Krallen klickten über den Boden, dann hievte sie sich zu den Jungs auf die Couch.
»Hmm.« Cyril spürte, wie Nick sich zurücklehnte. Dann hörte er seine Stimme: »Wir haben's geschafft, Mann. Danke, danke, danke.«
Cyril lauschte, während Nick seinen Toast aß. Dann hörte er, wie der Freund sich mit einem der Couchkissen auf den Boden gleiten ließ. Vielleicht wollte Cyril sich die ganzen intimen Details von Nicks Abend ersparen, aber er kam nicht an der Tatsache vorbei, dass Nick nur wenige Minuten Fußmarsch durch den Wald entfernt war von seinem französischen Bett und seinem Flachbildfernseher mit Satellitenempfang und es dennoch vorzog, in dieser Nacht auf dem harten Dielenboden in Cyrils Küche zu schlafen.
Die Hintertür quietschte erneut und einen Moment lang fragte sich Cyril, ob es möglich sein konnte, dass Rose gekommen war und ihn suchte. Nick suchte?
Eine Stimme sagte: »Hallo, Nick.« Es war Cyrils Mutter.
»Oh, hallo. Cyril schläft.«
»Was habt ihr heute Abend gemacht?«
»Cyril hat mir bei einem phantastischen Abendessen für ein ganz außergewöhnliches Mädchen geholfen. Es war der Wahnsinn, wirklich.«
»Das war nett von ihm. Hey, Nick, ich überlege, ob ich mir einen Roller kaufen soll. Was hältst du davon?«

Fragte sie ihn das im Ernst?
»Ich denke, sie würden eine super Figur abgeben auf einem Roller, Mrs Bartholomew.«
Er hat nicht einfach nur auf die Frage geantwortet!
Cyril fragte sich, ob er irgendwann zwischen der Zubereitung eines romantischen Abendessens für Nick und Rose und dieser absurden Unterhaltung um zwei Uhr morgens über Roller in eine andere Dimension übergewechselt war. Doch ausnahmsweise einmal war er froh, dass seine Mutter sich nicht sonderlich für sämtliche verzwickten Einzelheiten seines Lebens interessierte.

Käsetoast mit Senf

(Auf jeden Fall besser als jedes bescheuerte Käsefondue)

- ☛ 1 italienisches Brot mit Sesam
- ☛ Butter
- ☛ Dijon-Senf
- ☛ frischen Basilikum
- ☛ 1 Glas getrocknete Tomaten in Olivenöl (wahlweise)
- ☛ 1 Stück (ca. 150 g) Käse (Cheddar, Schweizer, Gouda oder sonst einen Käse), in dünne Scheiben geschnitten

1. Heize den Grill vor.
2. Schneide das Brot in nicht zu dicke Scheiben. Bestreiche sie mit Butter und toaste sie kurz.
3. Streiche jede Menge Senf auf die getoasteten Brotscheiben.
4. Lege Basilikumblätter auf den Senf.
5. Lege, falls du dich dafür entschieden hast, die getrockneten Tomaten auf den Basilikum.
6. Schichte Käsescheiben auf die Tomaten.
7. Lege das Brot auf ein Backblech. Schiebe es auf die oberste Leiste im Grill und toaste es, bis der Käse schmilzt und Blasen wirft und anfängt braun zu werden.
8. Iss eine Scheibe nach der anderen.

Pepinos

»Iih!«

Cyril hörte das Iih! von dem Mädchen, das hinter ihm stand und sich die Modezeitschriften ansah, schaute aber nicht einmal auf, um zu sehen, wer es war. Er versteckte sich hinter der jüngsten Ausgabe von *Cucina italiana* und steckte sich die nächste Hand voll in Butter gerösteter, knuspriger, gut gewürzter Pepinos in den Mund. Dabei fielen ein paar Krümel auf den Boden. Das Beste an der Zeitschriftenabteilung von *Barnes & Noble* war, dass man essen konnte, während man sich umschaute, ohne dass man deshalb gleich schief angesehen wurde.

»Iih!«, machte das Mädchen noch einmal. »Pass doch auf. Meine Güte!«, schimpfte sie.

Cyril schaute auf. Das Haar kannte er. »Jamie?«

Sie fuhr herum. »Cyril! Mann! Du hast mir die Zehen voll gekrümelt!« Sie stieg aus einem ihrer Dr. Scholls und wackelte mit den Zehen, um einen Krümel zwischen zwei blutrot lackierten Nägeln loszuwerden.

»Sorry, sorry!« Cyril versuchte sich den Schock nicht anmerken zu lassen.

»Ekelhaft!« Jamie schüttelte sich. Dann sah sie auf, zog eine gezupfte Augenbraue in die Höhe und zeigte auf die Tüte. »Ist das wieder eine von deinen Wundertüten, Cyril? Was ist dieses Mal Leckeres drin?«

»Äh, also ...« Er schaute auf seine Füße, an denen er statt seiner üblichen Converse die schwarzen Gummischuhe trug, die zur AICA-Kleiderordnung gehörten. »Ich glaube, sie heißen Pepinos. Es sind geröstete Kürbiskerne mit Kreuzkümmel. Magst du welche?« Er streckte ihr die zerknitterte gelbe Papiertüte hin.
»Hm, ja! Sicher.« Jamie krempelte rasch den Ärmel ihrer Jeansjacke hoch, streckte Cyril die Hand hin und deutete ungeduldig auf ihre Handfläche. »Hier drauf. Lass rieseln, Mann.« Cyril schüttete ein paar der knusprigen orangebraunen Kerne in ihre Hand und sie steckte sie alle auf einmal in den Mund. Ihre Nasenflügel bebten. »Mhhh! Lecker!« Sie kaute weiter. »Woher hast du die, Cyril?« Statt einer Antwort füllte er ihre Hand mit der nächsten Ladung Kerne. Sie knabberte und stöhnte dabei genüsslich. »Mhhh!«
Cyril knautschte die Tüte zusammen und steckte sie in seinen Rucksack. Dabei fiel ihm die Zeitschrift aus der Hand.
»Was liest du da?«, fragte Jamie, bückte sich und hob sie auf. »*Cucina italiana!* Oh, exquisit, der Herr!«
»Ich hab nur mal darin herumgeblättert«, sagte Cyril, nahm ihr rasch die Zeitschrift aus der Hand und steckte sie zurück ins Regal. »Irgendwie muss ich die Zeit totschlagen, bevor meine Schicht beginnt.«
»Du wäschst Geschirr. Richtig?«
»Ja.«
»Das erklärt, weshalb du solche Schuhe trägst. Verdienst du gut? Ich brauche auch einen Job.«
»Nein, man arbeitet dort nicht wegen des Geldes.«

Kaum war es heraus, wünschte Cyril, er hätte es bei dem »Nein« belassen.
»Warum dann?«
Cyril zuckte mit den Schultern. »Es ist eben ein Job.«
Einen Augenblick lang schwieg Jamie, doch Cyril spürte ihren Blick auf sich ruhen. Er zog hörbar die Luft ein.
»Also, ich geh dann mal besser«, sagte er.
»Warte. Ich nehm dich mit.«

Cyrils Versuch eines »Nein, danke« blieb erfolglos, und bevor er wusste, wie ihm geschah, schoss er in Jamies blauem Nissan-Pickup die Straße entlang und schüttete ein Häufchen Pepinos nach dem anderen in ihre Hand. »Mann, sind die gut!«, brüllte sie, um das Radio zu übertönen. Cyril kurbelte das Fenster hinunter und streckte den Kopf in den Wind. Er liebte das, weil er sich dabei so glücklich fühlte wie ein junger Hund.
Als Jamie in einem weiten Bogen nach links auf die Route 43 einbog, zog Cyril seinen Kopf wieder zurück. Während ihre Dr. Scholls auf Bremse und Kupplung traten, streckte Jamie die Hand nach mehr Pepinos aus. Sie hielt das Lenkrad mit dem Knie auf Kurs und griff mit der pepinofreien Hand hinüber zum Schalten. Doch die Kurve war weiter, als sie sie eingeschätzt hatte. Sie versuchte ihren Fehler zu korrigieren, rutschte dabei aber mit der Hand vom Lenkrad ab. In ihrem Schreck trat sie versehentlich auf die Bremse und ihre Hand voll Kürbiskerne segelte durch den Wagen.

»Verflixt!«, murmelte sie, suchte das Gaspedal und wollte gleichzeitig die Kürbiskerne aufsammeln.
Der Wagen geriet ins Schleudern. Cyril merkte, dass er der Einzige war, der die Straße im Blick hatte. »Jamie, pass auf!« Er griff ins Lenkrad und Jamie hob in dem Augenblick den Kopf, als das rechte Vorderrad auf den Seitenstreifen geriet.
»Aaaah!«, kreischte sie, trat mit aller Kraft auf die Bremse und riss das Lenkrad herum. »Festhalten!«
Cyril schaute in dem Moment nach unten, als ihr Dr. Scholl vom Bremspedal rutschte. Das Lenkrad entglitt ihr. Der Wagen drehte sich um 180° und kam auf der gegenüberliegenden Straßenseite zum Stehen. Der Motor starb ab. Cyril und Jamie saßen, nachdem sie kräftig durchgeschüttelt worden waren, wieder senkrecht auf ihren Sitzen.
Sie schauten stur geradeaus und schwiegen. Auch das Radio hatte aufgehört zu spielen.
»Rock and Roll – Leben wir noch?«, fragte Jamie. Dann begann sie hysterisch zu kichern.
»Ich glaube, ja«, sagte Cyril und begann ebenfalls nervös zu lachen. Aber er hätte schwören können, dass Jamie Todesangst ausgestanden hatte. Von sich wusste er es sicher.
Bevor Jamie den Wagen wieder starten konnte, klopfte es an die hintere Scheibe. Jamie und Cyril drehten sich gleichzeitig um. In Zeitlupe. Es war Nick, der sich die Nase an der Scheibe platt drückte. »Alles okay, nichts passiert!«, brüllte er. »Ihr habt mich nicht gestreift. Es war ziemlich knapp, aber ihr habt mich ver-

fehlt.« Er trat an Jamies Fenster und schaute an ihr vorbei zu Cyril. »Hey, Cyril.«
»Hey, Nick.«
»Ich hab dich nicht gesehen, Nick!«, keuchte Jamie. Sie kurbelte das Fenster herunter und begann zu lachen.
»Das heißt dann ja wohl, dass du nicht bewusst versucht hast mich zu treffen«, meinte Nick.
»Nein«, erwiderte Jamie. »Wenn ich dich hätte treffen wollen, hätte ich dich auch getroffen.«
»Ach, ja?« Nick grinste.
Cyril konnte es nicht fassen. Die beiden flirteten miteinander. Er beugte sich vor. »Ich unterbreche nur ungern, aber ich muss zur Arbeit. Jamie?«
Jamie ignorierte ihn. »Du, Nick, ich wollte dich etwas fragen. Meine Mutter hat morgen Geburtstag und ich wollte ihr eine Flasche wirklich gutes Olivenöl schenken. Wo besorge ich es am besten?«
Cyril zuckte zusammen. Würde Nick ihre Tarnung auffliegen lassen?
»Keine Ahnung«, erwiderte Nick zerstreut. »Warum muss es denn unbedingt Olivenöl sein? Ist das nicht alles dasselbe? Warum nimmst du nicht Sonnenblumenöl oder so etwas?« Er rief seinen Hund. »Mandy!«
Cyril versuchte krampfhaft Nicks Blick einzufangen.
»Ich dachte, du wärst so etwas wie ein Koch-König!« Allzu überrascht schien Jamie allerdings nicht zu sein.
»Äh – hm . . .« Nick kam ins Stottern. »Das würde ich nicht sagen. *Mandy!*« Er schaute endlich zu Cyril hinüber, der ihn inzwischen wütend fixierte. Noch ein

»Äh«, dann: »Hey, vielleicht versuchst du es mal in diesem Laden, bei . . . Wie heißt er noch mal? Origami?«

»Origami?«, wiederholte Jamie. »Origami?« Sie wandte sich an Cyril. »Wo soll der denn sein?« Cyril zuckte mit den Schultern und sie drehte sich wieder zu Nick um. »Origami?«

»Genau! Drüben im Hudson-Einkaufszentrum. Nein, warte . . . Oregano. Ja, so heißt der Laden. Versuch's im Oregano!«

Das war knapp.

»Ja, versuch's im Oregano«, rief Cyril. Er wollte so schnell wie möglich weg. »Können wir jetzt wieder in die Gänge kommen? Ich muss zur Arbeit.«

Jamie nahm die zerknitterte gelbe Papiertüte vom Sitz und warf sie Nick durchs Fenster zu. »Die kannst du haben.«

»Was ist das?«, fragte Nick und steckte schon die Hand in die Tüte.

»Pastinos. Oder so ähnlich. Pepinos. Jedenfalls etwas Gutes. Aber iss sie nicht während der Fahrt. Sie sind gefährlich.« Sie ließ den Wagen an und legte den Gang ein. Als sie losfuhr, brüllte sie noch »Hübsche Hosen!« aus dem Fenster.

Nicks breites Grinsen erinnerte Cyril an Miss America. *Warum gehen die beiden nicht miteinander?*, fragte er sich.

Jamie riss ihn aus seinen Gedanken. »Ich nehme an, du hast bereits von der Nick-und-Rose-Geschichte gehört.«

»Die Nick-und-Rose-Geschichte?« Cyril stellte sich doof. Wenn er sich doof genug stellte, war es vielleicht nicht wahr.
»Ja. Er hat sie nach der Schulparty abgeschleppt.«
Cyrils Augen begannen zu brennen. Seit dem letzten Wochenende hatte er versucht nicht mehr daran zu denken, und dass Jamie es ihm jetzt aufs Butterbrot schmierte, hatte ihm gerade noch gefehlt. Er sagte erst mal nichts.
»Hallo, Cyril, hast du mich gehört?« Jamie schnippte vor seinem Gesicht mit den Fingern.
»Abgeschleppt?«, fragte Cyril. »Was soll das überhaupt bedeuten? Dass er sie abgeschleppt hat oder *abgeschleppt?«*
»Nur so abgeschleppt. Nichts weiter. Aber trotzdem. Eigentlich war sie ja mit mir auf der Party.«
Cyril richtete seine Antwort an Jamies Rückspiegel und sah ihrem Spiegelbild direkt in die Augen. »Ja, und? Mir ist es egal. Meinetwegen können sie machen, was sie wollen.« Er schaute wieder auf seine Füße.
»Mir ist es nicht egal. Das bedeutet nämlich, dass meine Chancen, bei ihm landen zu können, gleich null sind«, jammerte Jamie. »Jetzt gehört er für mich zu den Unberührbaren. Zumindest bis sie sich in ein paar Tagen wieder getrennt haben.«
Cyril nickte Jamie mitfühlend zu. Dann fragte er leise, fast so, als spräche er mit sich selbst: »Glaubst du, sie ist glücklich?«
Jamie atmete langsam ein. »Ob ich glaube, dass sie glücklich ist? Gute Frage.« Jamie hielt am Stoppschild

beziehungsweise ließ den Wagen langsam in die Kreuzung rollen. »Hey, ich weiß, was hier gespielt wird.«
»Was meinst du damit?«
»Ach, nichts. Hier links?«
»Ja, hier links«, bestätigte Cyril. Er war sich nicht sicher, auf welches »Spiel« Jamie anspielte. Aber er wollte es so genau auch gar nicht wissen.

Cyril war völlig aufgedreht, als er nach der Arbeit zu Hause war. Er ging in seiner Küche vor dem Granittresen auf und ab, überlegte, was er zum Abendessen kochen sollte, dachte an seine bevorstehende Prüfung und versuchte nicht auszuflippen. Da läutete das Telefon.
Lass es Rose sein, bitte.
»Hast du je Nicks Käsefondue probiert?«, fragte sie. Nicht unbedingt die einleitenden Worte, auf die er gehofft hatte.
»Äh, nein.« Wenigstens war es eine ehrliche Antwort. Er war froh, dass sie nicht sehen konnte, wie er schwitzte.
»Hat er denn *nie* für dich gekocht?«
»Nein.« Cyril schaltete den Fernseher ein und zog sich die Socken von den Füßen.
»Es war unwahrscheinlich. Gleichzeitig flüssig und fest. Es war gehaltvoll, aber ich habe mich nicht voll gefühlt hinterher. Und ich schwöre dir, da waren Aromen drin, die ich noch nie geschmeckt habe. Himmlische Tage! Und das Schokoladen-Fondue – einfach unglaublich. Und du hättest den Tisch sehen sollen.

Überall Kerzen, schönes Besteck. Und Mandy war so süß. Sie hat die ganze Zeit neben uns gelegen. Es war ein wunderschöner Abend, Cyril. *So* erobert man ein Mädchen. An ihm sollten sich die Jungs dieser Welt ein Beispiel nehmen.«

»Oh.« Cyril hoffte, dass seine einsilbigen Antworten das Gespräch beenden würden. Er holte ein Glas Erdnussbutter aus dem Kühlschrank und eine Tupperschüssel mit einem Rest des Schokoladenfondues, das »Nick« zubereitet hatte. Er schob die Schüssel in die Mikrowelle und stellte die Uhr auf eine Minute. Sich das anhören zu müssen tat weh. Cyril brauchte ein Schmerzmittel.

»Ehrlich, Cyril«, sagte Rose, »es war wie im Märchen.«

Cyril war inzwischen schon ganz rot im Gesicht. Stumm flehte er die Mikrowelle an, sie möge sich beeilen.

»Hat er etwas über mich gesagt?«, fragte Rose.

Cyril schäumte über. »Nein. Aber wer braucht schon Jungs! Erinnerst du dich? Das hast du letzte Woche noch gesagt und da hast du noch vernünftig geklungen. Im Gegensatz zu jetzt.«

Rose sagte nichts. Cyril stach einen Löffel Erdnussbutter ab, tauchte ihn in die erwärmte Schokolade und schob sich den Löffel in den Mund, alles in einer einzigen, fließenden Bewegung. Er wartete auf ihre Antwort.

»Ich … wahrscheinlich hast du Recht. Ja.« Sie flüsterte fast. »Du hast Recht.«

Sie schwiegen einen Augenblick.

»Tut mir Leid«, entschuldigte sich Cyril. »Ich wollte dich nicht anschnauzen. Ich bin nur müde.«

»Nein, ich war dabei, das alles zu vergessen. Ich muss aufpassen«, sagte sie, immer noch sehr leise. Dann fing sie an zu knabbern.

»Was isst du?« Cyril war froh, das Thema wechseln zu können.

»Pamplonas. Oder Pampitos oder so ähnlich. Es sind Kerne mit Kreuzkümmel und noch anderen Sachen drauf.«

»Pepinos?«

»Genau. Nick gab sie mir, als ich ihn an der Tankstelle getroffen habe. Ich nehme an, er hat sie selber gemacht.«

Cyril fiel fast das Telefon aus der Hand. »Du, ich habe ein Gespräch auf der anderen Leitung.«

Mehr verkraftete er nicht. Es war Zeit, das Theater zu beenden. Er wählte Nicks Nummer, um ihm eine Standpauke zu halten, doch seine Mutter kam an den Apparat.

»Hallo, Mrs Garbacchio, ist Nick da?«

»Nein, Cyril«, erwiderte Mrs Garbacchio. »Ich weiß nie, wo er gerade ist.«

Cyril wartete einen Augenblick. Mrs Garbacchio hörte sich an, als rede sie unter Wasser. Man konnte meinen, das Telefonieren sei eine zu große Verantwortung für sie. Cyril dankte ihr und legte auf. Vielleicht war er zu streng mit Nick. Immerhin war er sein bester Freund und hatte genügend andere Probleme.

Pepinos

- 1 großen Kürbis
- 1 Esslöffel Butter
- 2 Teelöffel gemahlenen Kreuzkümmel
- 2 Teelöffel Paprika
- grobes Salz

1. Schaufle das ganze fasrige Zeug aus dem Kürbis in eine Schüssel. (Am besten mit einem Metalllöffel in Kombination mit deinen Händen.) Lass kaltes Wasser über das Faserzeug laufen und fische die Kürbiskerne heraus. Das Faserzeug wirfst du weg.
2. Lege die Kerne in einer Lage auf Küchenkrepp und lass sie vollständig trocknen.
3. Heize den Ofen auf 150° vor.
4. Lass die Butter in einem Krug in der Mikrowelle schmelzen. Rühre 1 Teelöffel Kreuzkümmel hinein.
5. Verteile die Kürbiskerne in einer Lage auf einem Backblech. Gieße die gewürzte Butter gleichmäßig darüber. Bestäube sie mit dem restlichen Kümmelpulver. Schwenke das Blech hin und her, bis die Kerne gleichmäßig überzogen sind. Schiebe das Blech auf die mittlere Schiene in den Ofen.
6. Röste die Kerne 15–20 Minuten, wobei du sie alle 5 Minuten umverteilst, damit sie gleichmäßig rösten.
7. Nimm das Blech aus dem Ofen. Streue Salz und Paprika über die Kerne, solange sie noch heiß sind.
8. Lass die Kerne auf dem Blech abkühlen. Schütte sie in eine Schüssel oder Papiertüte. Knabbere dich durch.

Panini mit gegrilltem Gemüse

»Süßer!«
»Hallo!«
»Süßer!«
»Hallo!«
Nick und Cyril wurden es nie leid, selbst frühmorgens schon bescheuerte Filmdialoge zu zitieren. Sie unterbrachen ihre Unterhaltung auch nicht, als Cyril Nick ein belegtes Brot gab.
»Süßer!«
»Hallo!«
Erst als Nick hineinbiss, hörte es auf.
»Mann, das ist ja super! Oberlecker!«, sagte er, den Mund voll gebackener Paprika und Knoblauch. Er hob die Hand, um Cyril abzuklatschen. »Hey, hast du noch mehr davon?«
»Wieso fragst du? Sorgst du jetzt schon fürs zweite Frühstück vor?«
»Nein, aber Rose kommt heute mit.« Nick leerte genüsslich sein Glas Milch.
»In die Stadt?« Cyril schluckte hart.
»Du sagst es. Der Big Apple. New York, New York! Wir nehmen den Zug um 10.52 Uhr ... er fährt in einer knappen halben Stunde!«
»Ihr bleibt das ganze Wochenende?« Cyril hätte es nie zugegeben, aber er war eifersüchtig. *Er* wollte gern

nach New York. Er wollte schon immer mal mit Nick nach New York. Jetzt machte Rose Cyrils New-York-Trip und Nick übernahm Cyrils Rolle als Gourmet-Stadtführer. Cyril merkte, dass er knietief mitten in eine Identitätskrise hineinwatete.

Nick ließ die Augenbrauen spielen. »Kannst du auf Mandy aufpassen?«

Cyril hob seine Kaffeetasse an den Mund. Er trank, doch der Kaffee nahm die falsche Röhre und sein ganzer Körper verkrampfte sich. Er begann zu husten, zuerst leise, dann begleitet von einer Spuckefontäne.

»Hombre, alles in Ordnung?« Nick sprintete zum Spülbecken, füllte ein Glas mit Wasser und war wieder bei Cyril. »Hier. Bist du schon reif für den Heimlich-Griff?«

Cyril schossen Tränen in die Augen und er musste sich am Küchentresen festhalten. Er schüttelte den Kopf und hob abwehrend die Hand.

»Nein«, flüsterte er tonlos, luftlos. »Ich bin völlig okay.« Er konzentrierte sich aufs Atmen. Als es wieder ging, nahm er das Glas und trank einen Schluck. Und noch einen. »Im Ernst, ich bin okay.« Er wickelte zwei bereits eingepackte Brote noch in eine zweite Lage Butterbrotpapier. »Wenn du Rose damit füttern willst, ist es ja gut, dass sie vegetarisch sind«, keuchte er, legte die Brote in eine Papiertüte und gab sie Nick. Dann füllte er eine zweite Tüte mit frischen Küchentisch-Keksen. »Die kannst du auch mitnehmen. Ich brauche sie nicht. Viel Spaß.« Damit schob er seinen Freund durch die quietschende Hintertür.

Während Cyril die Arbeitsfläche abwischte, versuchte er seine Eifersucht zu verdrängen. Aber vielleicht war es immer noch besser, in einer Identitätskrise zu stecken, als der dicke Junge in einer Dreiecksbeziehung von süßes Mädchen/dufter Typ/dicker Junge zu sein. Je länger er darüber nachdachte, desto bejammernswerter kam er sich vor und desto mehr hasste er sich.

Das Telefon läutete. »Hallo?«

Es war Jamie.

»Hey, Cyril, kannst du mir bitte mal Nicks Nummer geben? Ich muss mit Rose sprechen, aber sie hat ihr Handy ausgeschaltet.«

»Ist alles in Ordnung?«

»Bestens. Ich will nur wissen, was zwischen den beiden los ist.«

»Jamie, sie sind vor etwa einer Dreiviertelstunde nach New York gefahren. Bis jetzt ist nichts los! Du bist eine Nervensäge.«

»Meinetwegen. Aber das glaubst du doch selber nicht. Sie knutschen sich ab, seit sie im Zug sitzen.«

Das war nicht das, was Cyril hören wollte. Seine Gedanken überschlugen sich.

Irgendwo zwischen Poughkeepsis und Yonkers, der Hudson huscht an ihrem Fenster vorbei, nimmt Nick seine Hand von ihrer Schulter und holt seine abgewetzte, rustikale, lederne Satteltasche – oder ist es doch eher ein Rucksack? – hervor, fischt darin herum und bringt schließlich eine zerknitterte Papiertüte zum Vorschein. Seinen Blick hat er die ganze Zeit nicht von Rose abgewendet.

»Was ist da drin?«, fragt Rose und kuschelt sich wieder an seine Schulter.

»Selbst gemacht«, erwidert er. Dann beugt er sich zu ihr, öffnet den Mund und knabbert an ihrer perfekt geformten Unterlippe. »Mmmmh«, macht er. »Köstlich.«

Ohne ein weiteres Wort nimmt er ein in Butterbrotpapier eingeschlagenes, längliches Etwas aus der Tüte, reißt es an einem Ende vorsichtig auf und enthüllt ein Stück Baguette, führt es zum Mund, nimmt einen großen Bissen und schließt die Augen, während er gaaaanz langsam kaut. »Mmmh. Fast so gut wie deine Lippen.« Er lächelt.

Rose beobachtet ihn mit großen Augen, rutscht näher zu ihm heran und presst ihren festen, in verwaschenen Jeans steckenden Oberschenkel an seinen. Sie nimmt die Hornbrille mit den ovalen Gläsern ab – oder vielleicht auch die mit dem schmalen Goldrand – und blinzelt zu ihm auf. Sie streckt die frisch gebissene und sich rötende Unterlippe vor, befeuchtet sie und bereitet sich auf einen Bissen Baguette vor wie auf einen Kuss. Sie öffnet die Lippen, als er das dick belegte, ölige Brot zu ihrem Mund führt.

Mit halb geöffneten Lippen hält sie inne. Sie schaut ihn an, sucht nach Bestätigung. Er errät ihre Gedanken und flüstert, wobei er in ihre tiefgründigen braunen Augen schaut: »Keine Bange, es ist vegetarisch.«

Während sie kaut, sagt er: »Ich liebe es, wenn ich für dich kochen kann, Rose. Ich möchte für dich sorgen dürfen. Ich möchte, dass du mir gehörst, Rose. Du bist alles, was ich mir je gewünscht habe. Lass mich für dich sorgen.«

Rose hört zu und versucht einen klaren Gedanken zu fassen. Nein, nein, das brauche ich nicht. Ich stehe selber mei-

ne Frau. Ich bin unabhängig. Ich will nicht versorgt werden.

Doch ihre Gedanken finden nie den Weg aus ihrem Mund, da dieser überwältigt ist vom Geschmack des Paninis, das ihr Gehirn, ihre Kehle, ihren Magen, einfach alles zur Kapitulation zwingt. Als sie das Olivenöl und die Artischocken schmeckt, rückt sie noch näher an ihn heran. Die Röte steigt ihr ins Gesicht. Sie stöhnt, als der Käse in ihrem Mund zergeht, und seufzt, als das Aroma des mit gebratenem Knoblauch durchzogenen Brotes ihre Zungenwurzel erreicht.

»Ja«, sagt sie. »Ich gehöre dir. Sorge für mich. Nimm mich mit dir und koche für mich. Lass mich deine Brote schmecken. Lass mich deine Küchentisch-Kekse schmecken. Lass mich dich schmecken.«

Dieses Mal hebt sie den Kopf, damit ihre Lippen sich begegnen. Dieses Mal küsst sie ihn, fordernd. Dieses Mal nimmt kein Ende …

»Cyril? Die Nummer.« Jamies Stimme holte ihn aus seiner Trance.

»Wie?«, fragte Cyril. Dann beförderte er sich durch ein Kopfschütteln in die Realität zurück.

»Nicks Telefonnummer!« Jamie ließ nicht locker. »Du darfst das alles nicht so schwer nehmen, Mann.«

Cyril zwang sich dazu, wieder zu wünschen, er sei derjenige, der mit Nick nach New York ginge. Diese Art von Eifersucht war viel leichter zu ertragen. Aber er wusste, dass er diesen ganzen Eifersuchtswust nicht viel länger aushalten konnte.

Panini mit gegrilltem Gemüse

(Rechne mit einer starken Reaktion. Manche Leute flippen aus, so gut schmecken sie.)

- 2 ganze Knoblauchknollen
- 2 Paprika in unterschiedlichen Farben
- 3 große Portobello-Pilze, in 1 cm breite Streifen geschnitten
- grobes Salz
- 1 Bund Spinat, sorgfältig gewaschen
- frischen Mozarella, in Scheiben geschnitten
- Artischockenherzen aus der Dose
- getrocknete und eingelegte Tomaten
- eingelegte Oliven
- 1 Bund Basilikum
- Olivenöl
- Balsamico-Essig
- 1 Ciabatta- oder Baguette-Brot
- (Das Gemüse kannst du nach Belieben variieren. Du kannst auch Fleisch dazupacken: geräucherte Putenbrust, Salami, Rindfleisch, Wurst, rohen Schinken, sogar Ente.)

1. Heize den Backofen auf 200° vor.
2. Halbiere die Knoblauchknollen. Schneide sie so in der Mitte durch, dass alle Zehen halbiert sind. Träufle Öl auf die Schnittfläche und lege die Hälften wieder zusammen. Wickle sie in Aluminiumfolie, lege sie in die Mitte des Ofens und brate sie 40 Minuten lang.
3. Halbiere die Paprika. Entferne die weißen Häutchen und Kerne. Beträufle sie außen und innen mit Olivenöl. Lege die Hälften wieder zusammen, wickle

sie in Aluminiumfolie und lege sie für 25 Minuten zum Knoblauch in den Backofen.

4. Nimm Knoblauch und Paprika aus dem Ofen. Nicht auswickeln! Lass sie 10–15 Minuten abkühlen.
5. Erhitze in einer Bratpfanne bei mittlerer Temperatur einen Esslöffel Olivenöl. Gib die Pilze hinein und dünste sie 8–10 Minuten, bis sie schön weich sind. Nimm sie vom Feuer und lass sie abkühlen.
6. Wickle den Knoblauch aus. Quetsche die einzelnen Zehen aus den Häutchen, zerdrücke sie mit dem Messer, vermische sie mit grobem Salz und stelle die Paste beiseite. Die Alu-Folie und die Knoblauchhäutchen wirfst du weg.
7. Wickle die Paprika aus. Entferne mit einem Schälmesser die Haut.
8. Schneide das Brot der Länge nach auf. Streiche die Knoblauchpaste auf die untere Hälfte.
9. Schichte alle anderen Zutaten darüber. Zuerst Paprika, dann Pilze, Spinat, getrocknete Tomaten, Artischockenherzen, Mozarella, Oliven, Basilikumblätter usw. Träufle Olivenöl und Balsamico-Essig auf das Gemüse. Decke alles mit der anderen Brothälfte zu.
10. Wickle das Brot fest in Frischhaltefolie und lege es in eine Auflaufform. Lege einen Backstein oder einen anderen schweren Gegenstand auf das Brot. Es muss richtig fest zusammengepresst werden. Stelle das Brot mit dem Gewicht darauf für etliche Stunden (am besten über Nacht) in den Kühlschrank. (Die Auflaufform fängt das Öl auf, das herausgepresst wird. Verzichte auf keinen Fall darauf, sonst ist anschließend alles ölig.)
11. Wickle das Brot aus. Schneide es in handliche Stücke und iss es.

Schokoladen-Geburtstagstorte mit weissem Guss

Am nächsten Tag hatte Rose Geburtstag. Cyril saß an seinem Computer und verzweifelte fast über einem Geburtstagsgruß für sie. Er wollte etwas Persönliches schreiben, etwas, das ihn nicht blamieren würde, doch alles, was ihm einfiel war: *Bitte hör auf mit Nick rumzuknutschen.* Er drückte zum fünfzehnten Mal an diesem Abend die Löschen-Taste, als das Telefon läutete. Eine willkommene Unterbrechung.

»Hallo?«

»Hey, Mann. Ich wollte dich etwas fragen.« Es war Nick.

»Schieß doch«, sagte Cyril. Dann schüttelte er den Kopf. »Ich meine natürlich, schieß los.«

»Was ist *Backpulver?*«, fragte Nick.

Cyril verstand die Welt nicht mehr. »Wie bitte?«

»Ist das dasselbe wie Hefe?«, wiederholte Nick nervös.

Cyril ahnte Katastrophales. »Was hast du vor, Nick?«

»Ich backe einen Kuchen. Rose hat morgen Geburtstag.«

»Tatsächlich?« Cyril spielte den Unwissenden. »Was für einen Kuchen?«

»Schokoladenkuchen«, antwortete Nick stolz.

»Und du weißt nicht, was Backpulver ist?«, bohrte

Cyril nach. »Sag jetzt nichts. Du nimmst Nesquick statt Kakaopulver?«
»Woher weißt du das?«
»Wie wäre es, wenn du eine Flasche Essig dazuschüttest? Vielleicht explodiert das Ding dann. Nick, vergiss alles, was du gerade machen wolltest, und schalte den Ofen aus, bevor jemand verletzt wird. Du bist der Sache nicht gewachsen!«
»Und was tue ich jetzt, Mann?«
»Schon mal was von einer Bäckerei gehört?«
Schweigen. Cyril wusste, dass dieses Gespräch nur in eine einzige Richtung führen konnte. Die Frage war nur, wie lang Nick brauchen würde, um dahin zu kommen.
»Cyril?«
»Ja, Nick?«
»Wie wäre es, wenn ich rüberkomme und du mir beim Backen hilfst?«
»Wow, Nick, darauf wäre ich nie gekommen.« Cyril ließ ihn zappeln. Vor seinem geistigen Auge sah er, wie Nick sich am anderen Ende der Leitung wand. Doch seinen kleinen Superstar zu quälen machte nicht halb so viel Spaß, wie Cyril gedacht hatte.
Als er die Stille nicht länger ertrug, sagte er, Nick solle sich auf die Socken machen. Minuten später kamen Nick und Mandy durch den Wald geprescht und stürmten in Cyrils Küche. Beide waren zerzaust und voller Mehl. Cyril erwartete sie an der Spüle, wo er sich die frisch gewaschenen Hände an einem Küchentuch abtrocknete.

»Baracke 10!«, bellte er. »Wie sehen Sie denn aus?«
Das war das Signal. Nick verstand sofort und salutierte grinsend. »Sir! Jawohl, Sir!«
»Soldat, habe ich das richtig verstanden? Sie wollten eine Schokoladentorte backen ohne Beaufsichtigung? Ist Ihnen klar, dass Sie keine Erlaubnis hatten, alleine zu backen?«
»Entschuldigen Sie vielmals, Sir.«
»Sparen Sie sich ihre Entschuldigungen. In der Zeit können wir die Schweinerei, die Sie angerichtet haben, beseitigen. Und jetzt passen Sie *gut* auf! Ich erkläre es Ihnen nur ein Mal.«
»Sir! Jawohl, Sir!«
»Ich habe beim Hauptserver BRD (Bartholomews Rezept-Datei) nach Schokoladen-Geburtstagskuchen mit weißem Guss geschaut. Dort heißt es, dass der Ofen auf 175° Celsius vorgeheizt werden muss. Tun Sie das jetzt!«
»Sir! Jawohl, Sir!« Nick fummelte an den Knöpfen herum. »Wollen Sie meine Arbeit überprüfen, Sir?«
Cyril ging zu ihm. »Sie haben ihn auf 185° eingestellt. Wollen Sie es noch einmal versuchen?«
Nick korrigierte die Einstellung.
»Und jetzt«, sagte Cyril, »holen Sie aus dem Schrank links neben dem Ofen eine runde Springform mit einem Durchmesser von 23 Zentimetern. Sie erkennen Sie daran, dass sie runder ist als die eckigen Backformen.« Den Blick auf den Computer-Bildschirm gerichtet, fuhr er fort: »Aus dem Schrank zu meiner Rechten: Mehl, Zucker, Kakaopulver, Backpulver.

Vanille. Pflanzenöl. Weißen Essig. Versuchen Sie auf *keinen* Fall sämtliche Zutaten auf einmal zu holen. Stellen Sie sie übersichtlich auf die Arbeitsplatte.« Er zog das Blatt aus dem Drucker und las das Rezept noch einmal durch. »Gut, dass Eier und Butter bereits bei Zimmertemperatur bereitstehen.«

»Sir! Jawohl, Sir!« Nick beeilte sich zu tun, was ihm aufgetragen worden war.

»Wir messen jetzt die Zutaten ab.« Cyril genoss das Lehrer-Schüler-Spiel. Es gab ihm das Gefühl, Verantwortung zu tragen. »Bitte messen Sie zwei Esslöffel Essig und eine halbe Tasse Pflanzenöl ab. Und eine Tasse Buttermilch.«

»Welche Tasse soll ich nehmen? Die Kaffeetasse neben Ihrem Computer? Oder soll ich die Herr-der-Ringe-Tasse nehmen, die ich gestern Abend gratis bekommen habe, weil ich eine Maxi-Mahlzeit bestellte? Und Esslöffel sind die, mit denen man seine Cornflakes isst, richtig?«

Cyril schüttelte den Kopf. »Bemitleidenswert«, murmelte er, konnte aber ein Kichern nicht unterdrücken.

Bis der Kuchen abgekühlt und mit Guss überzogen war, hatte Nick möglicherweise backen gelernt – oder auch nicht. Das Ergebnis jedenfalls war eine zweistöckige Schokoladentorte wie aus dem Bilderbuch mit weißem Guss und 18 weißen Kerzen (17 plus eine als Glücksbringer). Nur etwas fehlte noch: eine Zuckergussrose als Dekoration. Eine Rose für Rose. Nick schien das allerdings nicht aufzufallen oder zu bekümmern. Und ihn selbst würde das auch nicht kümmern.

Am nächsten Abend ging Cyril beim Oregano vorbei, um Alices Kochzeitschriften vom letzten Monat abzuholen. Aus reiner Neugier ging er zum Regal für Backzutaten und natürlich gab es dort Zuckergussrosen. Er wusste, dass er es nicht tun sollte, doch der Kuchen für Rose war ihm den ganzen Tag im Kopf herumgegangen. Er sah nackt aus ohne Rose.

Cyril beschloss den langen Weg über Patriots' Hollow nach Hause zu nehmen. Er wusste, dass Nick Rose den Kuchen im Picknick-Bereich des Parks überreichen wollte. Falls er rechtzeitig dort war, konnte er Nick die Rose noch geben. Es schien einfach nicht richtig, seinen Kuchen unvollendet servieren zu lassen. Es war nicht professionell.

Cyril trat zwischen die Büsche und folgte dem Lichtschein des beleuchteten Picknick-Bereichs. Durch die Bäume hindurch sah er mehrere Leute. Vier jüngere Frauen saßen mit einer Flasche Wein an einem der Picknick-Tische. Sie hatten die Köpfe zusammengesteckt und quasselten. Die Szene erinnerte Cyril an *Sex and the City*, und am liebsten hätte er auf einen anderen Kanal umgeschaltet. Doch Carrie und Konsorten verblassten sehr rasch, als er eine Gestalt den Weg zu den Tischen herunterkommen sah. Es verschlug ihm den Atem.

Rose.

Sie trug einen blassrosa Pulli mit Zopfmuster und einen geblümten Georgette-Rock und sie sah schöner aus denn je. Sie war außerdem viel früher dran, als Cyril erwartet hatte. Was bedeutete, dass es zu spät

war, Nick die Rose zu geben. Das heißt, wenn er vor ihr nicht wie ein kompletter Idiot dastehen wollte.
Cyril wollte gehen, doch auch jetzt schaffte er es nicht, sich vom Anblick der beiden loszureißen. Er hatte sich nie für einen Voyeur gehalten, doch die letzten Tage waren voller Überraschungen gewesen. Warum also nicht zuschauen? Er hatte bis jetzt bereits mehr ausgehalten, als er für möglich gehalten hätte, und es sah nicht so aus, als würde es in nächster Zeit aufhören. Die Szene war so schön wie schrecklich.
Da saß Nick am hintersten Tisch hinter einer schneeweißen, zweistöckigen Torte, auf der 18 Kerzen brannten, und da kam Rose und ihr durchscheinender Rock flatterte hinter ihr her, als sie auf ihn zuging. Selbst die Sex-and-the-City-Frauen verstummten. Als Rose fast bei ihm war, begann Nick zu singen. Nicht so, dass es peinlich gewesen wäre, sondern leise, fast schüchtern, mit viel Luftholen und vielen Pausen.
»Happy birthday to you, happy birthday to you . . .«
Sein Talent zum Singen macht seine totale Unfähigkeit in der Küche fast wett, dachte Cyril.
Rose sank in Nicks Arme, als er aufhörte zu singen. Er gab ihr einen schnellen Kuss und legte dann die Hände um ihr Gesicht, um sie richtig zu küssen. Doch Rose lächelte und drehte sich rasch zu der Torte um. »Wow! Ist die für mich?« Dann setzte sie sich Nick gegenüber. Nicht neben ihn. Cyril trat einen Schritt zurück. Er musste weg hier. Es war nicht richtig, was er tat.
Ihm gegenüber, nicht neben ihn . . .

Cyril warf noch einen Blick zurück, dann ging er durch den Wald nach Hause. Er konnte sich Nicks Enttäuschung lebhaft vorstellen. Sein Kumpel tat ihm Leid. Aber nicht zu sehr. Er hoffte, dass sich die beiden den Kuchen schmecken ließen. Er hoffte, sie würden das ganze Ding aufessen und wären dann viel zu müde, um noch etwas anderes zu tun. Die Rose lag immer noch in der Tüte und er aß sie beim Gehen. Er redete sich ein, der Zucker gäbe ihm Kraft.

Schokoladen-Geburtstagstorte mit weißem Guss

(Ohne Kommentar)

Kuchen:

- 2 Tassen gesiebtes Weißmehl
- 1 Tasse Zucker
- 1 Tasse Kakaopulver
- 1 Päckchen Backpulver
- 1 Teelöffel Salz
- 2 große Eier, zimmerwarm
- 2 Teelöffel Vanille-Extrakt
- ½ Tasse Pflanzenöl
- 1 Tasse Buttermilch
- 2 Esslöffel heller Essig
- 1 Tasse kochendes Wasser

1. Heize den Ofen auf 175° vor. Fette eine Springform von 23 cm Durchmesser ein und bestäube sie leicht mit Mehl.
2. Siebe sämtliche trockenen Zutaten (Mehl, Zucker, Kakao, Backpulver, Salz) zusammen in eine große Schüssel.
3. Verrühre in einer kleineren Schüssel Eier, Vanille-Extrakt, Öl und Buttermilch.
4. Drücke eine kleine Kuhle in die trockenen Zutaten und schütte die Eiermischung hinein. Vermenge alles sorgfältig mit einem Plastikspatel oder einem hölzernen Kochlöffel. Füge den Essig hinzu und rühre noch einmal gut durch.

5. Wenn der Teig fast glatt ist, gib unter Rühren das heiße Wasser dazu.
6. Gieße den Teig vorsichtig in die Springform und backe ihn etwa 30 Minuten. Prüfe mit einem Zahnstocher, ob der Teig fertig gebacken ist. Stich damit in die Mitte der Torte. Kommt der Zahnstocher fast sauber wieder heraus, kannst du die Torte aus dem Ofen nehmen.
7. Lass sie in der Form eine Viertelstunde auskühlen. Stürze sie auf ein Kuchengitter und lass sie dort völlig erkalten. In der Zwischenzeit bereitest du den Guss zu und stellst die Füllung bereit.
8. Ist die Torte vollständig erkaltet, schneidest du sie einmal in der Mitte durch. Nein, nicht senkrecht, waagrecht! Du willst zwei Böden haben, damit du die Torte füllen kannst. Nimm ein Messer mit langer Schneide dazu und versuche die Hand beim Schneiden ruhig zu halten.

Füllung:

☛ 1 Tasse Sauerkirschmarmelade, zimmerwarm

1. Bestreiche den unteren Tortenboden gleichmäßig mit der Marmelade. (Statt Sauerkirschmarmelade kannst du auch Aprikosen- oder Himbeermarmelade nehmen.)
2. Setze den oberen vorsichtig wieder darauf.

Guss:

- ☛ 2 Tassen Puderzucker, eventuell etwas mehr
- ☛ 100 g weiche Butter
- ☛ 3–4 Esslöffel Milch, eventuell etwas mehr
- ☛ 2 Teelöffel Vanille-Extrakt
- ☛ 1 Prise Salz

1. Siebe den Puderzucker in eine mittelgroße Rührschüssel.
2. Rühre die Butter mit einem elektrischen Rührgerät bei niedriger Einstellung darunter, bis eine glatte Masse entsteht.
3. Schalte das Rührgerät etwas höher, gib Milch, Vanille und Salz hinzu und verrühre alles gut. Ist der Guss zu dünn, füge noch etwas Puderzucker hinzu, ist er zu dick, noch etwas Milch.
4. Bestreiche die Torte großzügig mit dem Guss. (Natürlich schmeckt der Kuchen auch mit einem Schokoladenguss gut, aber der weiße Guss lässt die Schokolade im Teig noch besser zur Geltung kommen. Außerdem sieht es cool aus.)

M&M-Brownies mit Karamellguss

»Ich verstehe es nicht. Ich meine, die Torte war göttlich!« Nick stolperte neben Cyril her, als sie sich gegen den Strom von Schülern den Hauptgang im zweiten Stock der New Hyde Park High School hinunterkämpften. »Aber es hat nicht funktioniert.«

»Was meinst du mit ›es hat nicht funktioniert‹?«, fragte Cyril ungeduldig. Er versuchte den Regen von seiner Jacke zu schütteln, aber da das sämtliche anderen Schüler auf dem überfüllten Gang auch versuchten, wurden alle nur noch nasser.

»Ich meine . . .«, begann Nick. »Ach, du weißt schon, was ich meine.«

»Du meinst, du konntest gestern Abend nicht bei ihr landen? Du meinst, die Torte hat es nicht geschafft, sie rumzukriegen?«

In diesem Augenblick ging Christina Cartagena an ihnen vorbei. Sie schaute Cyril missbilligend an. Ganz offensichtlich gefiel ihr seine Wortwahl nicht.

»Keinen Zentimeter. Nicht dass ich *alles* erwartet hätte. Ich will damit nur sagen, dass sie mich nicht mal richtig geküsst hat. Und das an ihrem Geburtstag!« Nick tat gerade so, als habe er eine schwere Ungerechtigkeit erlitten.

Cyril ging schneller. »Das freut mich. Wir sehen uns später.«

Vor dem Biologiesaal blieb er stehen. Noch zwei Schritte und er hätte Rose gegenübergestanden. Sie sah übernächtigt aus. In der Hand hielt sie ein angebissenes Zimt-Teilchen.

»Hallo, Rose«, sagte Nick. »Wie geht es meinem Mädchen? Was haben wir denn da? Ein süßes Teilchen?«

Cyril sah, wie Nick leicht in die Knie ging, seine muskulösen Arme um sie schlang und sie hochhob. »Meine liebsten süßen Teilchen sind diese hier.« Nachdem er sie wieder auf den Boden gestellt hatte, kniff er sie in beide Wangen und wiederholte: »Mhhhh, süße Teilchen. Danke, dass du mich zum glücklichsten Mann der Schule gemacht hast!«

Rose protestierte. »He! Hau ab!« Lachend entwand sie sich ihm, doch Cyril wusste genau, dass sie es nicht zum Lachen fand. Sie klang eher ärgerlich.

»Bis später, Süße. Bis später, Cyril.« Nicks Grinsen war dämlicher denn je. »Geht ihr beiden Einsteins mal in euren Unterricht. Ich muss in die Förderklasse.«

Cyril betrat den Biologiesaal und setzte sich auf seinen Platz. Rose kam hinter ihm her und schmiss ihre Bücher auf den Tisch. Sie nahm das Gummiband, das sie am Handgelenk trug, und brachte ihren sich auflösenden Pferdeschwanz in Ordnung. »Ich habe einen Pickel«, sagte sie. »Ich brauche ein paar Stunden Schlaf. Ich verstehe nicht, was ich da tue. Ich hasse Jungs.« Sie rang sich ein Lächeln ab. »Und ich trage heute meine hässliche Brille.« Seufzend schaute sie Cyril an. »Wie geht es dir?«

Cyril wusste nicht, wie es ihm ging, da er nicht wusste, was los war. Er war froh, dass Rose nach dem Abend mit Nick nicht über sämtliche Backen strahlte und verträumt in die Welt blickte. Die Tatsache, dass sie extrem schlechte Laune hatte, tröstete ihn. Cyril wusste nicht, was tun. Sollte er nachfragen? Ein bisschen bohren?

Er blieb auf der sicheren Seite. »Mir geht's gut. Ich freue mich dich zu sehen.«

Rose seufzte wieder und ließ den Kopf langsam und mit einem theatralischen *Boing* auf den Tisch sinken.

»Ist was?«, fragte Cyril.

»Ich weiß nicht.« Rose legte die Wange auf den Tisch. »Ich weiß nicht, was mit mir los ist.«

Genau in dem Moment ging das verlässliche Ekelpaket Brandon Keifler an ihrem Tisch vorbei. »Lange Nacht gehabt, Rose?« Er wartete nicht auf Antwort, sondern ging feixend weiter.

»Halt die Klappe, Brandon«, zischte sie ihm nach. Dann, an Cyril gewandt: »Ich korrigiere mich. Ich weiß, was es ist: Jungs.«

»Rose«, sagte Cyril, »vergiss Brandon. Er ist ein Dummschwätzer.«

»Nicht nur Brandon. Jungs sind alle zum Abgewöhnen. Alle miteinander.«

Cyril räusperte sich.

»Anwesende ausgeschlossen, versteht sich.« Sie streckte die Hand aus und streichelte ihm den Rücken. »Ich meine Jungs-Jungs, nicht dich.«

An solche zweifelhaften Komplimente war Cyril in-

zwischen gewöhnt. »Hat es irgendetwas mit Nick zu tun?«
»Nein. Ja. Vielleicht. Ich weiß nicht. Er ist nett, aber ich weiß einfach nicht, was ich will. Ich stecke bis über beide Ohren im Schlamassel. Natürlich möchte ich verliebt sein. Wer möchte das nicht. Aber ich weiß einfach nicht, ob ich schon wieder einen Freund haben will. Der letzte war das Letzte. Und Jungs sind wie Aspirin oder so etwas Ähnliches. Eine Weile fühlst du dich besser mit ihnen, doch dann kommen alle möglichen Nebenwirkungen. So wie gestern Abend. Nick würde es zwar nicht zugeben, aber ich hatte das Gefühl, dass er etwas von mir erwartet hat. Er hat mir einen Kuchen gebacken, das war lieb. Aber dann hat er so getan, als gäbe der Kuchen ihm das Recht, mich ... also ... du weißt schon, was ich meine. Dabei hatte ich nicht mal Lust, ihn zu küssen oder neben ihm zu sitzen.«
Cyril schwieg und Rose fuhr fort: »Vielleicht hat er auch nichts erwartet. Vielleicht habe ich mir das auch nur eingebildet. Ich weiß es nicht. Oh Mann, das ist einfach zu viel! Ich bin gerade dabei, mich von Brandon zu erholen. Ich bin noch nicht bereit für das alles.«
Cyril lauschte gebannt. Er blinzelte nicht einmal.
»Vielleicht liegt es am Essen«, sagte sie. »Was er mir vorsetzt, ist einfach unwiderstehlich. Diese Küchentisch-Kekse zum Beispiel. Wie viele Jungs kennst du, die solche Kekse backen können? Sie schmecken so gut – ich muss jeden Tag daran denken. Ich habe das

Gefühl, dass sie etwas aussagen über eine Person. Dass sie zum Beispiel richtig leidenschaftlich ist. Und dann kommt er daher und nennt meinen Hintern ›süße Teilchen‹ und macht damit alles kaputt. So gut, dass er über meinen Hintern reden dürfte, kennt er mich noch gar nicht.« Sie hielt kurz inne. »Was rede ich denn da? Über Hintern und süße Teilchen. Oh, Mann! Ich . . . ich weiß einfach nicht, was mit mir los ist, Cyril.«

Er schwieg abwartend und sie redete auch gleich weiter: »Ich weiß nicht, was ich noch sagen soll. Cyril, ich brauche dich.«

Daran, dass Rose ihn brauchen könnte, hätte Cyril nie gedacht. Aber es klang irgendwie gut. *Ich brauche dich.* Er ließ die Worte auf der Zunge zergehen, zwang die Zeit langsamer zu verstreichen.

Rose redete immer noch. »Ich brauche jemanden, der mir ein paar aufmunternde Worte sagt. Du musst mir sagen, dass ich kein Freak bin, dass alles gut wird, dass ich nicht dabei bin, den Verstand zu verlieren oder so. Solche Sachen eben. Und . . .«

»Und?« Sie *brauchte* ihn!

»Und dass ich stark bin und – ich weiß auch nicht. Sag mir einfach, dass ich nicht verrückt bin.« Doch in diesem Moment läutete es und es wurde still im Saal.

Cyril beugte sich zu Roses Ohr und sagte leise: »Du hast es gerade selbst gesagt, Rose. Du brauchst keine aufmunternden Worte von mir. Aber ich sage sie trotzdem. Ich bin ziemlich – nein, hundertprozentig sicher, dass du *nicht* verrückt bist. Du gehörst zu den

Guten, Rose, das steht fest.« Er lächelte sie an. »Ich schwöre es.«
Rose öffnete die Augen und lächelte Cyril von der Seite an. »Du bist der Einzige, der mich wirklich kennt, Cyril.« Sie griff nach seinem Handgelenk. »Ich liebe dich.«
Cyril war entzückt. Verzaubert. Hatte sie das tatsächlich gesagt? Es musste ein Traum sein. Er griff in seine Tasche. Er hatte Brownies gebacken und wollte Rose eines geben, überlegte es sich dann jedoch anders. Das war kein Augenblick für Essen.
Sie tätschelte seine Hand. »Mein Gott, du bist erst der zweite Junge in meinem Leben, zu dem ich das gesagt habe. Wie findest du das? Das ist doch ein Witz, oder?«
Cyril wurde rot. »Ein guter Witz«, sagte er mit einem leisen Kichern, in der Hoffnung, ungezwungen zu klingen. Er schluckte, doch der Geschmack in seinem Mund gefiel ihm nicht.

M&M-Brownies mit Karamellguss

(Köstlich an guten Tagen. Noch besser an schlechten.)

Karamellmasse:

- 400 g Kondensmilch
- 4 gehäufte Esslöffel Zucker

Brownies:

- 350 g in Stücke gebrochene Schokolade, halbbitter oder bitter
- 100 g Butter
- 2 Tassen Zucker
- 2 Esslöffel Vanille-Extrakt (mit echter Vanille, nicht das künstliche Zeug)
- 4 große Eier
- 1 Tasse Mehl
- 1 Tasse M&M, mit oder ohne Erdnüsse, je nach Geschmack

1. Heize den Ofen auf 200° vor. Gib die Hälfte der Kondensmilch und den Zucker in eine hohe Rührschüssel und rühre mit dem elektrischen Rührgerät auf höchster Schaltstufe, bis sich der Zucker aufgelöst hat. Gieße die restliche Kondensmilch dazu, rühre noch einmal kurz durch und gieße die süße Milch dann in eine gläserne Auflaufform. Decke sie mit Aluminiumfolie ab. Stelle die Auflaufform in einen Bratenrost (ein Backblech mit hohem Rand) und gieße so viel heißes Wasser (aus dem Wasserhahn) in den Bratenrost, dass es bis zur halben Höhe der Auflaufform reicht. Man nennt das ein Was-

serbad und es verhindert, dass das Karamell anbrennt. Lass es eine Stunde auf der unteren Schiebeleiste im Backofen und prüfe zwischendurch immer wieder den Wasserstand. Sinkt der Pegel unter die halbe Höhe der Auflaufform, musst du Wasser nachgießen.

2. Während das Karamell im Ofen ist, legst du eine etwa 22 x 33 x 5 cm große Backform mit Aluminiumfolie aus. Lass die Folie am Rand etwas überstehen.
3. Gib die Butter und die Hälfte der Schokolade in einen mikrowellengeeigneten Glaskrug und lass die Mischung bei mittlerer Hitze schmelzen. Sie sollte keine Blasen werfen. Rühre vorsichtig um, bis keine Klümpchen mehr darin sind, dann gießt du die Mischung in eine große Schüssel und lässt sie 5 Minuten abkühlen. Nun kommen Zucker und Vanille-Extrakt dazu. Gut umrühren!
4. Schlage die Eier in einer kleinen Schüssel auf und verquirle sie leicht mit einer Gabel. Gieße sie zu der Schokoladenmischung und verrühre alles sorgfältig.
5. Jetzt hebst du das Mehl unter. Nur so lange rühren, bis sich alles verbunden hat. Den Teig nicht überarbeiten!
6. Nun rührst du die restliche Schokolade und die M&M unter.
7. Fülle den Teig mit einem Plastikspatel in die Backform und verteile ihn gleichmäßig. Schalte die Hitze im Backofen auf 175° herunter (das Karamell war jetzt ungefähr eine halbe Stunde drin), schiebe die Backform auf die mittlere Schiene im Backofen (über das Karamell) und backe die Brownies 25 Minuten, bis ein Zahnstocher, mit dem du mitten in den Teig stichst, fast, aber nicht ganz sauber wieder

herauskommt. Nimm die Form aus dem Ofen und lass sie auf einem Kuchengitter auskühlen.

8. Nimm auch das Karamell aus dem Ofen, entferne die Alufolie und rühre um. Möglicherweise ist die Soße noch nicht dick genug und muss noch weitere 5 Minuten in den Ofen.
9. Während die Karamellmasse im Ofen ist, hebst du die Brownies an der überstehenden Aluminiumfolie vorsichtig aus der Form. Schneide sie großzügig in Würfel und beträufle sie mit der Karamellmasse.

Scharfe Tomatensuppe

»Wo warst du?«, wollte Rose von Jamie wissen. Sie verließen die Schule nach einem Tag, der entschieden zu lang gewesen war. Rose hatte eine CD von Grateful Dead angehört, die sie sich von ihrer Mutter ausgeliehen hatte, und hatte einem alten Tagtraum nachgehangen, in dem sie sich vorstellte, wie es wohl gewesen wäre, wenn sie in den Sechzigern gelebt hätte, als die Leute noch so viel netter zueinander waren und die Musik so viel besser. Doch dann hatte sie Jamie gesehen, die mit Schwung die Tür aufgestoßen hatte, da sie offenbar in Eile war. Jamie, von Kopf bis Fuß in Lycra gehüllt, hätte bestimmt nicht in die Sechziger gepasst, dachte Rose.

»Rose – ich bin so froh, dich endlich mal wieder zu treffen«, sagte Jamie. Rose lächelte. Sie hatten sich in letzter Zeit wenig gesehen und Rose hoffte, dass sie jetzt etwas miteinander unternehmen könnten. Sie sollte viel mehr Zeit mit Mädchen verbringen.

»Ich auch«, sagte Rose. »Wir sollten mal wieder etwas zusammen unternehmen, heute Abend vielleicht? Ich hoffe, du bist mir wegen der Schulparty nicht böse.«

»Weil du mich im Stich gelassen und dich mit meiner einzigen großen Liebe aus dem Staub gemacht hast? Doch, bin ich. Aber ich werd's überleben. Außerdem bin ich mir nicht sicher, ob er es wirklich wert ist. Ich muss dir was sagen, aber ich will nicht, dass du – na ja, empfindlich reagierst.«

Jamie setzte sich neben einen der Zementlöwen, die zu beiden Seiten der Eingangstreppe standen. Rose blieb davor stehen. Sie war plötzlich seltsam nervös.

»Worum geht es?«, fragte sie. Aus ihrem Kopfhörer drangen Passagen von *Sugar Magnolia*. Sie griff nach dem CD-Player und stellte die Musik ab.

»Es geht darum . . . du weißt doch, wie Nick für dich kocht. Wie wahnsinnig toll das ist.«

»Ja.« Rose überkam ein sehr ungutes Gefühl. So als sei Jamie dabei, ihr etwas zu eröffnen, was sie die ganze Zeit schon hätte wissen müssen.

»Na ja, es ist ausgeschlossen, dass Nick so gut kocht. Er weiß übers Kochen so viel wie ich über Langzeit-Beziehungen. Er serviert dir das Essen. Aber jemand anderer kocht es.«

»Wer?«, fragte Rose. Ihre Stimme schien von weit her zu kommen, doch dann merkte sie, dass sie geflüstert hatte.

»Cyril«, antwortete Jamie. »Tut mir Leid.«

»Ausgeschlossen. Schau, ich bin dir nicht böse, überhaupt nicht. Aber wenn ich es nicht besser wüsste, könnte man meinen, du seist eifersüchtig auf mich und Nick«, sagte Rose und zupfte an den winzigen silbernen Glöckchen, die an den Bändern ihres Georgetterockes hingen.

»Ich *bin* eifersüchtig auf dich und Nick, aber das hat mit dem, was ich dir sage, nichts zu tun. Ich intrigiere deshalb nicht.«

Rose hatte ein elend schlechtes Gewissen. Dass Jamie wegen eines Jungen eifersüchtig sein könnte, hätte sie nie gedacht. Was war schon ein einzelner Junge für die J.Lo der New Hyde Park High School?

»Jamie, das tut mir Leid. Möchtest du darüber reden?«

Jamie schlug dem Zementlöwen auf den Rücken und lachte so laut, wie sie gelacht hatte, als Rose damals mit Strumpfhosen zu ihren Birkenstocks aus dem Haus gekommen war. »Rosie, krieg dich wieder ein. Ich muss nicht *reden*. Du gehst mit Nick und ich hänge im Vassar College herum und bringe Typen aus dem ersten Semester dazu, dass sie mir bei Mugs ein Bier spendieren. So ist das Leben manchmal. Aber hast du gehört, was ich zu der Kocherei gesagt habe?«

Rose streichelte die Mähne des Löwen. »Es ist nicht wahr, ich weiß es. Wenn es allerdings so wäre . . .«

»Was dann?«, fragte Jamie. Sie war langsam aufgestanden und lehnte jetzt an der anderen Seite des Löwen.

»Wenn es so wäre . . . könnte ich mit keinem der beiden je wieder ein Wort reden. Ich hätte eine solche Wut, dass ich nicht wüsste, was ich täte. Das spielt aber keine Rolle, weil Cyril mir das nie und nimmer antun würde. Ich vertraue ihm in jeder Hinsicht und ich kann mir nicht vorstellen, dass er mich je so hintergehen würde.«

»Auch wenn er davon ausginge, dass du es so wolltest?«, fragte Jamie.

»Aber das würde ich nie wollen. Niemand will angelogen werden.«

»Ich hätte den Mund halten sollen«, meinte Jamie. »Vergiss es. Ich bin mir auch nicht hundertprozentig sicher. Soll ich dich mitnehmen?«

»Nein, ich glaube, ich gehe lieber zu Fuß«, sagte Rose. »Ich hab da was läuten hören, dass deine Fahrkünste in letzter Zeit nicht so berauschend sind.« Rose stülpte den Kopfhörer wieder über und setzte sich in Bewegung. Ausgeschlossen, dass Jamie Recht hat, dachte sie.

Ganz ausgeschlossen.

»Ja?«

»Die Suppe hier«, sagte Nick und schob sich den vollen Löffel in den Mund.

»Ja?« Cyril wollte das Lob hören. Er wusste, wie gut seine scharfe Tomatensuppe war. Wie sie die Küche mit einem vollen, süßen, intensiven, den Mund wässrig machenden Tomatenaroma ausfüllte. Und wie gern auch seine übrige Familie sie aß. Cyril hoffte, dass ihm noch eine Variante dazu einfiel, die er fürs Vorkochen am AICA einsetzen konnte.

»Sie schmeckt gut.«

»Danke.«

Cyril hatte angenommen, dass es auf eine ihrer guten Nichtunterhaltungen hinauslaufen würde, doch offensichtlich redete Nick sich warm. »Ich kapiere nicht, was mit Rose los ist. Ich bin mir nicht sicher, ob sie jetzt sauer auf mich ist oder was.«

»So?« Etwas Besseres fiel Cyril dazu nicht ein. Innerlich machte ein Teil von ihm einen Freudensprung, während der andere Teil sich darauf vorbereitete, den mitfühlenden besten Freund zu spielen.

»Mhhh«, machte Cyrils Mutter. Sie trug noch ihre weiße Krankenschwesteruniform und quietschende Schuhe. Auf ihrem Namensschild stand Laurie und die leuchtend roten Locken ließen die Ringe unter ihren Augen noch dunkler erscheinen. »Riecht gut, Schätzchen. Kann ich deinem Vater etwas davon nach oben bringen?«

»Hallo, Mrs Bartholomew«, sagte Nick.

»Hallo, Nick. Ich habe dich gar nicht gesehen. Bekommst du was zu essen?«

»Klar. Danke.«

»Cyril, gib Nick noch etwas Suppe mit für zu Hause. Ich lege mich hin.« Sie drehte sich um und wollte hinausgehen.

»Warte, Mom. Hier.« Cyril hielt ihr ein Tablett mit zwei Suppentassen hin. »Für dich und Dad.«

Mrs Bartholomew blieb stehen und lächelte. »Ohne dich würden wir verhungern.« Sie streckte die Hand aus und rubbelte ihm durchs Haar.

»Wer ist Laurie?«, wollte Cyril wissen.

»Wer?«

»Dein Namensschild.«

»Ach du liebe Zeit, ich trage Laurie MacPheirsons Namensschild. Ich muss unsere Kittel im Umkleideraum vertauscht haben. Bring mich bitte jemand ins Bett.«

Cyril duckte sich weg. »Schlaf gut.« Seine Mutter nickte und verließ die Küche. Cyril griff nach der

Fernbedienung und schaltete den Fernseher ein. Emeril bereitete einen glasierten Schinken zu.

»So jetzt«, sagte Nick. »Hat Rose irgendetwas verlauten lassen, ob sie sauer auf mich ist?« Er schnappte sich die Fernbedienung und drückte den Ton weg.

»Nicht wirklich.«

»Jetzt sag schon: Ist sie wütend auf mich?«

Cyril schaute seinen Freund einen Augenblick lang schweigend an. »Ehrlich, Mann, ich weiß es nicht.« Pause. »Ich glaube nicht.«

»Ich habe einfach das Gefühl, dass sie nicht mehr will. Bis zu ihrer Geburtstagstorte war ich sicher, dass sie mich auch mag. Aber seither ist es ihr irgendwie egal. An ihrem Geburtstag hat sie mich nicht mal richtig geküsst.«

Cyril wusste nicht, was er sagen sollte. Er schaute auf seine Hände und wünschte, er hätte etwas zum Kneten.

»Klingt so, als bräuchtet ihr zwei mal wieder einen anständigen Schnock«, flötete Mrs Bartholomew vom Flur her.

»Was hast du gesagt?« Cyril wurde blass.

Seine Mutter streckte den Kopf durch die Tür. »Keine Ahnung, was es bedeutet. Ich hab's mal im Fernsehen gehört. Der Klang gefiel mir.« Sie drehte sich um und ging zur Treppe. »Tut mir Leid, Jungs, ich gehe jetzt nach oben und ich lausche auch ganz bestimmt nicht mehr.«

Cyril ließ den Zeigefinger an der Schläfe kreisen und sagte lautlos: »Plemplem.« Doch seine Verlegenheit

wurde er dadurch nicht los. Nicht nur, dass seine Mutter alle seine Hoffnungen auf ein erfülltes Liebesleben zunichte machte, sie benutzte auch noch unanständige Ausdrücke vor seinen Freunden. Erleichtert hörte er sie die Treppe hinaufstapfen.
Und bekam einen Schreck, als sie wieder herunterstapfte.
»Aber Nick, Schätzchen, trau dich und sei ruhig ein bisschen romantisch.«
Machte sie Witze?
»Hm, danke für den Rat«, sagte Nick.
»Gute Nacht, Mom.«
Mrs Bartholomew brauchte dringend Urlaub. Und wenn es nach Cyril gegangen wäre, hätte sie sofort die Koffer packen können.
Cyril und Nick warteten schweigend, bis sie die Tür zu ihrem Schlafzimmer zuschlagen hörten.
»Cyril? Meinst du, deine Mutter liegt richtig? Mit Romantik hatte das, was ich bisher getan habe, nichts zu tun. Mit Spaß und Abenteuer und Aufmerksamkeit, aber nicht mit Romantik.«
In der Hoffnung auf Ablenkung zappte Cyril zum Discovery-Kanal.
»Wahnsinn. Aliens. Mann, das lief gestern Abend. Das muss man gesehen haben, wie diese Lichter eine Woche oder so am Himmel über Tucson hingen.«
»Ich frage dich, weil du Rose anscheinend wirklich *verstehst*. Sie hält große Stücke auf dich, Cyril. Sie redet ständig von dir. Sie hat wirklich Vertrauen zu dir.«

»Na ja, wir sind Freunde. Partner in Biologie.«
»Ja, aber da ist noch viel mehr. Ich glaube nicht, dass es zwischen uns je so sein wird, wie es zwischen euch ist.« Nick nahm noch einen Löffel Suppe. »Ich bin mir nicht sicher, was ich getan habe, aber was immer es war, du würdest es nie tun. Du wüsstest es besser.« Nick betrachtete seine Füße. »Ich glaube, sie würde mich mehr mögen, wenn ich mehr wie du wäre.«
»Klar doch.« Cyril stand auf und ging wieder an seinen Herd. Was für ein Witz. Der letzte Mensch, mit dem Rose ausgehen würde, war Cyril.
»Vor allem wenn ich kochen könnte«, sagte Nick. »Sie schwärmt immer noch von deinen Küchentisch-Keksen. Was soll ich deiner Meinung nach machen?«
Cyril sagte kein Wort. Nick erhob sich und trat zu ihm an den Herd. »Komm schon, Mann. Bei diesem Fondue-Essen war alles einfach perfekt. Und sie war begeistert von deinen Paninis. Und von der Torte.«
»Aber mit der Torte ist doch irgendwas schief gelaufen, hast du gesagt.«
»Nö, es lag nicht an der Torte. Es lag an mir. Also, mein Junge, was schlägst du vor?« Nick zog seine Augenbrauen-Wackel-Nummer ab. Es war seine Art, zu sagen: »Bitte tu das, was ich von dir möchte, auch wenn du selber es nicht möchtest.«
Aber es war nicht nur so, dass Cyril es nicht *gewollt* hätte. Er hatte Angst, die ganze Sache könnte auffliegen. Die Geburtstagstorte war eines, aber mehrgängige Menüs waren ziemlich riskant. Vor allem jetzt, wo

Jamie ihnen höchstwahrscheinlich auf die Schliche gekommen war.
»Vergiss es. Ich koche nicht mehr für dich. Das wird zu gefährlich, Mann. Hast du keine Angst, dass sie dahinter kommt?«
»Nicht wenn wir vorsichtig sind.«
Cyril kämpfte mit sich, ob er Nick von seinem Gespräch mit Jamie erzählen sollte und dass er fürchtete, sie könnte Bescheid wissen. Dann entschied er sich jedoch dafür, die Sache nicht zu verkomplizieren. »Fällt dir nichts Romantisches ein, das nichts mit essen zu tun hat?«
»Nein, ich glaube, es ist das Essen, das sie romantisiert. Wenn dir das etwas sagt. Essen kann diese Wirkung auf Menschen haben. Schon mal was von Aphrodisiaka gehört?«
Wieder einmal traute Cyril seinen Ohren nicht. Glaubte Nick tatsächlich, es gäbe irgendetwas, von dem er *vor* Cyril gehört hätte? Aber vielleicht standen Aphrodisiaka bei ihm unter der Rubrik »Liebe« und nicht unter »Essen« und er hatte deshalb das Gefühl, nachfragen zu müssen. Weil Cyril sich in Liebesdingen nicht auskannte. Die Beleidigungen wurden ja von Minute zu Minute schlimmer.
»Blödmann, Aphrodisiaka funktionieren nicht wirklich. Das ist ein Märchen«, sagte Cyril.
»Vielleicht funktionieren sie nur, wenn man möchte, dass sie funktionieren. Jedenfalls weißt du, was ich meine.« Nick fasste Cyril bei den Schultern und schaute ihm in die Augen. »Bitte. Ich denke, es ist mei-

ne letzte Chance. Hier geht es um alles oder nichts. Bitte?«

Er hat mir mein Mädchen weggeschnappt und jetzt will er mein »Aphrodisia«?

»Aber . . .«

»Bitte! Ich brauche dich.«

Cyril wollte protestieren. *Jetzt brauchst du mich plötzlich? Du brauchst mich, Rose braucht mich, alle scheinen mich zu brauchen. Fragt vielleicht mal einer, was* ich *brauche?* Doch eine Seite von ihm war gerührt. Ein ernst gemeintes »Ich brauche dich« war Nick wahrscheinlich noch nie über die Lippen gekommen. Außerdem gab es trotz der vielen Mitleids-Partys, die Cyril in den vergangenen Wochen für sich selbst gegeben hatte, eine ganze Menge, wofür er dankbar sein konnte. Er wusste, was er aus seinem Leben machen wollte und dass seine Eltern voll und ganz hinter ihm standen. Und was hatte Nick? Vielleicht war es nur gerecht, wenn Nick Rose bekam, weil *er* dafür das Kochen hatte. Und vielleicht war es auch gar nicht seine Aufgabe, zu entscheiden, wer was bekam.

»Lade sie zum Essen ein. Morgen Abend«, sagte Cyril rasch, bevor er seine Meinung wieder ändern konnte.

Nick packte Cyril wieder bei den Schultern und schüttelte ihn. Fest. »Ich liebe diesen Mann!«, brüllte er. »Du bist der beste Freund, den ein Mensch haben kann.«

Doch wie der beste Freund kam Cyril sich gewiss nicht vor. Ein bester Freund wäre froh, wenn er seinem Freund helfen könnte. Ein bester Freund würde sofort Ja sagen. Cyril musste darum gebeten werden.

»Und was gibt's zu essen?«, fragte Nick, während er seine Suppentasse spülte.
Das war Cyrils Chance, wirklich ein bester Freund zu sein. »Nichts zu Aufwändiges. Lediglich ein bescheidenes Menü, das ich ›Aphrodisia‹ nenne.« Er hatte sich zwar nicht vorgestellt sein aphrodisisches Menü unter diesen Umständen zuzubereiten, aber irgendwie machte es Sinn. Außerdem gab es keinen Grund, weshalb er es noch aufsparen sollte. Es war ziemlich klar, dass er nie die Gelegenheit haben würde, es selbst an Rose auszuprobieren.

Scharfe Tomatensuppe

(Sieh dich vor! Sie ist so gut, dass du deine größten Geheimnisse dafür verrätst.)

- 8 Eiertomaten
- 1 mittelgroße Zwiebel, in kleine Würfel geschnitten
- 1 klein geschnittene Peperoni
- 3 gehackte Knoblauchzehen
- 1 Tasse guten Hühnerfond
- 1 Lorbeerblatt
- Olivenöl
- Balsamico-Essig
- Salz und Pfeffer
- Chiliflocken
- 1 Zitrone
- ½ Bund frisches Basilikum

1. Heize den Grill vor.
2. Halbiere die Tomaten, lege sie mit der Haut nach oben auf ein Backblech und pinsle sie mit Olivenöl ein. Schiebe das Blech unter den Grill und warte, bis die Haut anfängt schwarz zu werden. Drehe die Tomatenhälften mit einer Zange um und warte wieder so lange, bis auch die Unterseiten schwarz werden. Den Grill ausschalten und die Tomaten zum Abkühlen beiseite stellen.
3. Erhitze in einem schönen, großen Suppentopf 3 Esslöffel Olivenöl bei mittlerer Hitze. Gib die Zwiebel, Salz und Pfeffer hinein und rühre, bis alles schön sämig ist und langsam braun wird. Das dauert etwa 8 Minuten. Jetzt kommt die Peperoni hinein und

wird etwa 4 Minuten mitgekocht. Dann kommen die Knoblauchzehen und die Chiliflocken für weitere 2 Minuten dazu.

4. Ziehe mit einem Messer die schwarze Haut der Tomaten ab. Gib die Tomaten in den Topf und zerdrücke sie mit einem hölzernen Kochlöffel. Gieße den Hühnerfond hinein und gib das Lorbeerblatt dazu. Jetzt lässt du alles bei sehr niedriger Temperatur etwa eine halbe Stunde köcheln.
5. Nimm den Topf vom Herd und lass die Suppe bei geschlossenem Deckel etwa eine Viertelstunde abkühlen. Suche nach dem Lorbeerblatt und fische es heraus. Gieße die Suppe in einen Mixer und püriere sie 2 Minuten lang.
6. Streiche die Suppe durch ein Sieb, damit keine Kerne mehr darin sind.
7. Wärme die Suppe vor dem Servieren noch einmal auf. Gib in jede Tasse einen Spritzer Zitronensaft und ein paar Tropfen Balsamico-Essig und streue 2 oder 3 in Stücke gerupfte Basilikumblättchen darüber.

Aphrodisia

Rose parkte den Saab ihrer Mutter in Nicks Einfahrt, schaltete die Scheinwerfer aus und stieg aus. Nick wartete auf sie.

»Hallo, meine Schöne«, begrüßte er sie. »Feige gefällig?« Er hielt ihr einen großen roten Glaspokal voller Feigen hin. »Die schmecken dir bestimmt.«

Rose neigte den Kopf zur Seite und sah ihn an. Sie trug keine Brille. Ihr Pferdeschwanz, extra hoch und extra stramm für diesen Abend, wippte. Cyril, der sie unbemerkt vom Küchenfenster aus beobachtete, bekam weiche Knie.

»Du siehst gefährlich aus«, sagte Nick.

Rose lächelte, dann nahm sie eine Feige und biss hinein. »Mmmmh. Was ist da drauf? Irgendetwas Pudriges.« Sie probierte noch einmal. »Ein Gewürz? Aber welches?«

Cyril hielt die Luft an.

Nick schwamm. »Äh . . . sag du es mir.« Er ging zum Flirten über und legte ihr den Arm um die Taille. »Wonach schmeckt es?«

»Es schmeckt nach . . . nach mehr.« Lächelnd ging Rose auf sein Flirten ein. Sie gingen ums Haus herum und Cyril wechselte das Fenster. Beim ersten richtigen Blick auf Rose zog er scharf die Luft ein. Noch nie hatte er einen so kurzen Rock oder einen so engen Pul-

li an ihr gesehen. Von den hohen Stiefeln ganz zu schweigen. Es war überhaupt das erste Mal, dass Cyril sie in etwas anderem als ihren Hippie-Klamotten sah. Die 60er-Jahre standen Rose Mulligan wirklich gut, aber an diesem Abend machte sie ganz auf modisch. Es haute Cyril fast um, so schön fand er sie.
Nick ging hinter ihr her, offensichtlich total fasziniert. Mandy sprang leise bellend um sie herum.
»Vorsicht«, warnte Nick, »das ist ein Aphrodisiakum.«
Cyril stellte sich vor, wie Nick dabei mit den Augenbrauen wackelte, und verzog gequält das Gesicht.
»Ha! Klar doch«, meinte Rose. »Ein Aphrodisiakum. Erzähl keinen Blödsinn!« Sie steckte die nächste Feige in den Mund.
Cyril fiel wieder ein, was Nick über Aphrodisiaka gesagt hatte, dass sie wirken, wenn man daran glaubt, und er fragte sich, ob es wohl stimmte.
Gerade als sie aus seinem Blickfeld verschwanden, hörte Cyril ein atemloses »Wow!« von Rose. Er wusste, dass es ihre Reaktion auf die Pergola war, die seiner Meinung nach einen wahnsinnigen Anblick bot, ganz in orientalischem Rot und Gold.
Auf dem Tisch standen Unmengen von Platten und Schüsseln auf üppig drapierten Tüchern mit exotischen Mustern. In unterschiedlichen Messingleuchtern brannten acht schwarze Kerzen. Auf dem Boden lagen dicke Kissen mit Mustern wie von Persianer-Teppichen und daneben stand ein Mosaik-Tischchen mit geschliffenen Teegläsern in niedrigen Messinghaltern mit verschnörkelten Henkeln.

Und überall Essen. Eine rote Lackschüssel war halb gefüllt mit etwas, das aussah wie ein leuchtend orangefarbener Dip. In einer anderen türmte sich ein Berg Artischockenherzen. Auf einem kleinen Messingteller war eine karamellbraune Paste mit aufgestreuten weißen Flocken. In einer Mahagonischüssel glänzten Ruccola-Blättchen und Orangenspalten. Auf einer Marmorplatte lagen acht Pralinen aus geschmolzener Schokolade. Am Tischende standen ein Korb mit Brot und als Krönung eine dunkelrote, drehbare Mosaikplatte mit etwas, das aussah wie ein Berg aus lila und gelben Blütenblättern, die allerdings glitzerten.

»Wow!«, machte sie noch einmal. Inzwischen stand Cyril hinter der Schiebetür und schmolz dahin.

Nick stellte den roten Glaspokal mit den Feigen auf den einzigen freien Platz auf dem Tisch.

Erst jetzt hörte Cyril die Musik, die über der Pergola schwebte. Exotisch, rhythmisch und doch schmeichelweich. Im selben Augenblick – es war, als liefen ihre Gedanken parallel zu denen von Cyril – fragte Rose: »Was ist das für eine Musik? Arabische?«

»Ja«, antwortete Nick. »Es ist die neue Cheb-Mami-CD. Ist sie nicht irre?«

»Kann man die essen?« Rose zeigte auf die Blütenblätter.

»Hm. Na ja.« Nick schwamm wieder. »Kommt ganz darauf an, wie abenteuerlustig du bist.« Er grinste und kniff sie in die Nase.

»Ich bin abenteuerlustig«, erwiderte Rose. »Ich möchte nur glauben können, dass die Leute das sind, was sie zu sein vorgeben. Aber wenn ich ihnen trauen kann, spielt alles andere keine Rolle.«

Wie kommt sie plötzlich darauf? Cyril fragte sich, worauf Rose hinauswollte. Und ob Nick ihre Bemerkung überhaupt mitbekommen hatte.

»Klar«, sagte der. »Setz dich. Ich bin sofort wieder da.« Er küsste ihr die Hand, ging rückwärts zur Tür, schob sie auf und stolperte ins Haus. Als er Cyril sah, riss er die Augen auf und wollte etwas sagen.

Cyril legte einen Finger auf die Lippen. *Nicht reden!* Schweigend gingen sie in die Küche.

»Gut, dass du noch hier bist«, flüsterte Nick. »Ich dachte, du seist schon gegangen. Kann man die Blumen essen?«

»Ja, man kann sie essen«, antwortete Cyril, während er zwei Gläser mit Hibiskustee füllte und sie Nick reichte. »Ich bin so gut wie weg.«

In diesem Augenblick hörten sie Rose schreien. Es war kein Angstschrei, mehr ein Lachschrei. »Mandy! Ogottogott! Nick! Komm her, schnell! Mandy!«

Mit den Teegläsern in den Händen lief Nick hinaus. »Was ist los?«, rief er. »Bist du okay?«

Cyril folgte langsam im Dunkeln. Rose stand da und hielt eine leere Messingplatte in der Hand. »Sie – ich – sie – Ogottogott . . .« Sie begann zu lachen. »Tut mir Leid. Tut mir Leid. Ich lache auch gar nicht.«

»Rose! Was ist passiert? Mandy, was ist los?« Nick gab Rose ein Glas. »Hier, Tee.«

»Sie hat die ganze Platte leer gefuttert! Ein Haps und alles war weg!« Roses Kichern wurde zu einem Lachen tief aus dem Bauch heraus. »Du hättest sie sehen müssen. Plötzlich war sie da, sprang auf den Tisch und wie . . .« Rose konnte nicht weitersprechen. Sie war außer Atem, lachte aber immer noch herzlich. »Sie – sie – hahaha! Was hat sie überhaupt gegessen?«

»Wo ist sie?«, fragte Nick mit Panik in der Stimme.

»Ich glaube, sie ist auf die Wiese gegangen, wahrscheinlich um zu spucken. Die Arme. Es kann doch nichts Schlimmes sein, oder?«

»Natürlich nicht.« Nick hatte gar nicht richtig hingehört. Er drehte sich zum Garten um. »Mandy! Komm her, Mädchen!«, rief er in die Dunkelheit, doch sie war nirgendwo zu sehen. Er trat auf die Wiese. »Mandy! Hierher, mein Mädchen!«

»Was hat sie überhaupt gegessen?«, fragte Rose noch einmal. »Was war denn auf der Platte?«

»Keine Ahnung. Könnte alles Mögliche gewesen sein.« Zum Glück klang Nick eher durcheinander als tatsächlich ahnungslos. »Ich gehe sie suchen. Rose, kannst du die Stellung hier so lange halten? Versprich mir, dass du dich nicht von der Stelle rührst. Ich bin sofort wieder da.« Er lächelte sie an. »Trink deinen Tee und genieße Cheb Mami.«

Und weg war er.

Cyril stand da, gleich hinter der immer noch offenen Schiebetür, außer Sichtweite, stumm, allein. Und da draußen saß Rose, im Schein der Kerzen, wunderschön, allein. Cyril hatte uneingeschränkte Sicht auf ihr makelloses Profil. Ein paar Minuten lang stand er regungslos da, schaute nur.

Er schaute zu, wie Rose zu essen begann. Zuerst bestrich sie ein Stück Brot mit dem Kichererbsen-Dip, den er am Nachmittag schon zubereitet hatte. Er stellte sich vor, wie die glatte, süßliche, mit Knoblauch gewürzte Paste sich in ihrem Mund verteilte.
Dann sah er sie nach einem Artischockenherz greifen, das sie genüsslich zwischen Zunge und Gaumen zergehen ließ. Cyril stellte sich den erdigen, intensiven Geschmack vor. »Mmmh . . .«, schnurrte sie, während sie ihre Stiefel auszog. Nach einem Schluck Hibiskustee griff sie in die Salatschüssel und wickelte ein Stück Blutorange in ein Ruccolablatt. Cyril hielt den Atem an, als sie aufstand und an den Rand der Pergola trat.
»Nick?«, rief sie. »Wo bist du?«
Es kam keine Antwort. Rose trat wieder an den Tisch und bediente sich noch einmal von dem Kichererbsen-Dip. Mit dem Fingernagel pulte sie zwischen den Zähnen. »Wo ist er bloß hin?«, murmelte sie.
Gerade als Cyril dachte, sie würde sich endlich wieder setzen, drehte sie sich mit einem Ruck zur Schiebetür um.
Cyril zog die Luft ein und hielt den Atem an. Für einen Rückzug war es zu spät. Wie konnte er es nur so weit kommen lassen? Er hatte total vergessen, weshalb er hier war. Er war hier, um zu kochen und nicht um herumzuspionieren. Rose kam ins Haus und suchte entlang der Wand nach einem Lichtschalter. Sie fand ihn rasch und knipste ihn an. Das helle Flurlicht nahm Cyril jede Deckung. Er saß in der Falle.

»Cyril!« Erschrocken und gleichzeitig argwöhnisch sah sie ihn an. »Was machst du denn hier?«
»Rose! Hallo! Ich, äh ... Ich wusste nicht, dass du hier bist. Ich brauche das Begleitbuch für *Final Fantasy X* und kam durch die offene Tür. Ich dachte, ihr wolltet heute Abend ausgehen.« Cyril überlegte schnell und log noch schneller und es schien zu funktionieren.
»Komisch, ich dachte nicht, dass du dich für *Final Fantasy* interessierst«, sagte Rose.
Tat er auch nicht. Es war nur die erste Ausrede gewesen, die ihm eingefallen war. Er holte seine Jacke. »Also, ich geh dann wieder.«
Rose griff nach seiner Hand. »Warte. Das musst du dir noch ansehen. Es ist wunderschön.«
Er ließ sich von Rose in die Pergola führen. »Wow!«, machte er. »Super!«
»Unglaublich, nicht wahr? Und schau dir das ganze Essen an. Schau dir die Kerzen an!« Mit einer ausholenden Geste schloss sie die gesamte Pergola ein. »Ist das nicht alles einfach wunderschön?«
»Doch«, bestätigte Cyril, obwohl er nur Augen für Rose hatte. Das flackernde Kerzenlicht umgab sie mit einem sexy rotgoldenen Schein. Sie war atemberaubend schön. Die Angst, dass alles auffliegen könnte, verschwand, als er Rose ansah.
Sie drehte sich zu ihm um, schaute ihn an und zog die Luft ein. »Cyril! Ich, äh ... wow, du siehst *super* aus!«
»Was?« So etwas hatte Cyril in jüngster Zeit nicht gehört. Oder besser gesagt: wahrscheinlich noch nie. Er schaute an sich herunter, um zu sehen, was sie sah.

Er trug ein Sweatshirt und Jeans. Nicht unbedingt ausgehfein oder sonst irgendwie zurechtgemacht.
»Äh, danke.« Er hielt den Blick auf seine Schuhe gerichtet.
»Nein, im Ernst. Mir ist nie aufgefallen, wie gut du aussiehst«, sagte Rose. Cyril hätte ihr gern geglaubt, es gelang ihm aber nicht. Vielleicht sprachen die Aphrodisiaka aus ihr.
Aber ich glaube nicht an die Wirkung von Aphrodisiaka!
»Wo ist Nick?«, erkundigte er sich.
»Mandy hat etwas gefressen und lief weg, weil ihr schlecht wurde. Er ist irgendwo da draußen und sucht sie.« Rose wies mit der Hand über die Wiese. »Es ist diese ganz große Sache hier. Wie auch immer . . . das hier musst du probieren. Ich weiß nicht, was es ist, aber man streicht es auf Brot und es schmeckt köstlich, kann ich dir sagen!«
»Nein, ich will euch nicht euren Abend verderben«, wehrte Cyril ab.
»Bitte bleib hier. Es ist okay«, sagte Rose. »Wer weiß, wann Nick zurückkommt. Mandy ging es wirklich schlecht. Und ich könnte ein bisschen Gesellschaft brauchen. Außerdem vertraut er dir. Oder?«, fügte sie mit einem Augenzwinkern hinzu.
Cyril hatte sie noch nie zwinkern gesehen. Was war nur los mit ihr?
»Das sieht wirklich irre aus hier draußen.«
»Ganz schön üppig, was? Man kann nur staunen. Schade, dass Nick nicht da ist«, sagte sie in einem Ton, der unter anderen Umständen vermuten ließe, dass

sie flirtete. Sie gab Cyril ein Stück Weißbrot. »Hier. Setz dich. Bestreiche das da mit dem da.«
Cyril, wohl wissend, dass er nicht hier sein sollte, setzte sich gehorsam und bestrich. Rose setzte sich neben ihn. Fast schon auf ihn drauf, um genau zu sein.
»Rose«, begann Cyril, »wenn du nach Hause gehen willst, kann ich hier auf Nick warten. So hast du dir deine Verabredung ja sicher nicht vorgestellt.« Er biss in das Brot mit dem Kichererbsenaufstrich. Köstlich, ganz wie erwartet.
»Ich soll dich die ganzen Sachen hier allein aufessen lassen? Bist du verrückt?« Sie lachte. »Hier, du musst die Artischockenherzen versuchen. Ogottogott. Sie schmecken wie – ich weiß es nicht einmal. Einfach himmlisch. Ich kann es nicht erklären, du musst sie versuchen. Und den Salat. Cyril, probiere das hier.«
Rose bewegte sich langsam, genoss jeden Krümel, hatte es nicht eilig, von Platte zu Platte zu wechseln.
»He, willst du mal etwas Lustiges hören?«
»Klar.« Cyril wappnete sich.
»Das sind alles Aphrodisiaka«, erklärte Rose und strahlte.
»Was?« Cyril wünschte, er wüsste, wie man zurückstrahlt.
»Tatsache. Ich habe nie daran geglaubt, aber jetzt komme ich doch ins Grübeln.« Sie trank einen Schluck Tee. »Pass lieber auf!« Sie kraulte ihn mit ihrem stiefellosen Zeh am Bein.
Wirkten sie tatsächlich? Es war ganz einfach unglaublich!

»Vielleicht sollten wir noch etwas für Nick aufheben«, meinte er.
»Nö. Er sitzt wahrscheinlich gerade bei Burger King«, erwiderte Rose und lachte über ihren eigenen Witz. »Im Ernst, er wusste ja nicht mal, ob die Blüten essbar sind.«
Was war aus ihrem »Was er kocht, ist einfach unglaublich« geworden? Sie muss uns auf die Schliche gekommen sein. Herzlichen Dank, Jamie.
Cyril spießte noch ein Stück Blutorange auf und beobachtete ungläubig, wie Rose sich mit einer Feige verlustierte und dann noch nach einer Artischocke griff.
Mit halb vollem Mund packte sie sein Handgelenk, schaute ihm in die Augen und fragte: »Warum hast du eigentlich keine Freundin, Cyril?«
Cyril wusste nicht recht, was er darauf sagen sollte, deshalb beschränkte er sich auf ein »Ich weiß nicht«. Er glaubte sich so am einfachsten herausreden zu können. Er nahm eine Feige.
»Im Ernst, Cyril. Du bist der Typ, mit dem ein Mädchen wirklich *reden* kann. Du hörst zu. Du *verstehst.*«
Rose nahm eine Praline, führte sie an die Lippen, schloss die Augen und schob sie sich in den Mund. »Mmmh.« Sie leckte die Schokolade von ihren Fingern. »Cyril, meine Güte! Das ist so phantastisch!«
Als sie die Augen wieder öffnete, schaute sie Cyril direkt an. Sie hob die Arme und löste ihren Pferdeschwanz. Cyril war überrascht. Er hatte gedacht, er wüsste, wie schön ihr Haar war, doch als sie es jetzt

mit den Fingern durchkämmte und dann den Kopf schüttelte, fing es das Kerzenlicht auf und Cyril war es, als sähe er es zum ersten Mal. Er wollte es auf seinem Gesicht spüren.

Rose schaute ihm weiter in die Augen, während sie über den Tisch griff und sich ein Blütenblatt nahm. »Wenn du abenteuerlustig bist, solltest du davon essen. Du wusstest, dass man sie essen kann, nicht wahr, Cyril?« Sie steckte sich das Blatt in den Mund und schloss die Augen. »Mmmmh.« Mit Schwung legte sie ein Bein in seinen Schoß. Ihm blieb das Herz stehen. Er merkte, wie seine Augenlider flatterten, als sie sich die Lippen leckte. Er starrte immer noch auf ihren Mund, als sie die Augen öffnete. Ganz langsam hoben sich ihre Lider. Er konnte nicht glauben, dass ihm das passierte. Entweder Nick hatte Recht, und Aphrodisiaka wirkten, wenn man daran glaubte, oder er war das Opfer einer ganz hinterhältigen Aktion.

»Hier, Cyril.« Rose hielt ihm ein Blütenblatt an die Lippen. »Augen zu, Mund auf«, sagte sie leise, als sie sich zu ihm herüberbeugte.

Er schloss die Augen und schmeckte die Blüte. »Mmmh«, machte er.

Als er die Augen öffnete, schaute Rose ihn an. »Ich sollte hier verschwinden«, sagte er. »Schließlich warst du mit Nick verabredet.«

»Siehst du ihn irgendwo?«, fragte Rose. »Jetzt bist du meine Verabredung.« Sie rückte noch dichter an ihn heran und ließ seinen Blick nicht los. »Und diese Aphrodisiaka wirken eindeutig bei mir. Wirken sie

bei dir auch, Cyril?« Sie legte eine Hand um sein Kinn.
Cyril wusste nicht, was er sagen oder tun sollte. Er war Rose näher als je zuvor, aber er empfand es nicht als angenehm. Bevor er einen Schritt in irgendeine Richtung machen konnte, wurde die Schiebetür aufgerissen.
»Nick!«, riefen Cyril und Rose wie aus einem Mund.
»Hallo, Cyril. Was machst du denn hier?« Nick wirkte nervös. »Willst du mir mein Mädchen wegschnappen, Mann?« Er lachte, aber es war ein gezwungenes Lachen, das hörte Cyril.
»Ich, äh . . .« Cyril hielt die Luft an. Er senkte den Blick und sah, dass Roses Bein auf seinem Oberschenkel lag. Er schob es weg und stand auf. »Ich wollte nur ein Begleitheft holen und dabei traf ich dann Rose.«
»Tut mir Leid, aber wir haben fast alles aufgegessen«, sagte Rose. »Es hat einfach zu gut geschmeckt.« Sie lächelte Cyril an, doch dessen Blick war auf Nick gerichtet.
»Wo ist Mandy?«, fragte er. Er wusste nicht, was er als Nächstes zu erwarten hatte.
»Keine Ahnung. Ich habe sie nicht gefunden.«
»Vielleicht ist sie bei uns, Nicky. Das wäre nicht das erste Mal. Komm, wir rufen meine Mutter an«, sagte Cyril. »Hoffentlich ist sie daheim. Mom hat früher mal bei einem Tierarzt gearbeitet.«
Cyril rief von Roses Handy aus zu Hause an. »Mom? Ich bin's. Hast du Mandy gesehen? Du hast? Sie ist bei dir? Ist sie okay?«

»Gib mir das Handy«, sagte Nick. »Mrs Bartholomew? Ich bin's, Nick. Mandy ist bei Ihnen? Ist sie in Ordnung? Sie hat etwas Komisches gefressen und ist davongelaufen. Ich mache mir wirklich Sorgen.« Nick lauschte in den Hörer. »Was sie gefressen hat? Ich bin mir nicht sicher ... hm ... Das könnte alles Mögliche gewesen sein ... Hier steht jede Menge Essen herum.« Nick warf Cyril einen Hilfe suchenden Blick zu und deutete dabei auf die Messingplatte. »Nein, Drogen haben wir nicht. Nein, Mrs Bartholomew, wirklich nicht. Ist es denn so wichtig, was sie gefressen hat? Spuckt sie es nicht einfach wieder aus und die Sache ist überstanden?« Er lauschte wieder in den Hörer. »Okay, lassen Sie mich überlegen, lassen Sie mich nachdenken.«

Cyril zog die Wangen zwischen die Zähne und schaute von Rose zu Nick und wieder zu Rose.

Nick redete weiter: »Also, dann wollen wir mal sehen. Es gab Feigen. Aber ich glaube nicht, dass sie davon welche gegessen hat. Und dann gab es noch – äh – einen Salat. Sie wissen schon, Kopfsalat und so. Aber von Salat wird ihr nicht schlecht. Salat hat sie auch schon mal bei McDonald's gefressen. Herrje, was könnte es sonst noch gewesen sein?«

»Das, was auf dieser Messingplatte war!«, rief Rose. »Mit dem weißen Zeug oben drauf.«

»Danke, Rose«, sagte Nick und drehte sich zu Cyril um. »Das weiße Zeug, genau, Cyril. Als du es zubereitest hast, hast du mir noch gesagt, was es ist.«

Plötzlich blieb die Zeit stehen. Die Welt löste sich auf.

Was blieb, waren Nicks Worte und die Stille, die Cyril unterbrechen musste. Es war vorbei.

»Hm«, sagte Cyril leise, fast flüsternd. Er räusperte sich. »Weiße Trüffelflocken, nehme ich an. Auf Zwiebelpaste.«

Rose trat einen Schritt zurück. »Ich wusste es . . .«

»Genau!«, brüllte Nick ins Telefon. »Zwiebelpaste mit Trüffeln!« Er lauschte wieder kurz. »Oh, danke, vielen Dank! Dann ist es also nicht schlimm? Trüffel sind ungefährlich. Okay, ich komme sofort. Wir brauchen keinen Tierarzt? Ciao, Mrs Bartholomew.« Er legte auf. »Sie sagt, sie hat das mit Trüffeln schon mal erlebt. Wir brauchen uns keine Sorgen zu machen.« Er lächelte erleichtert. Cyril und Rose starrten ihn ungläubig an. Er hatte es noch immer nicht begriffen.

Lähmende Stille lag über der Pergola, als die CD zu Ende war. Cyril versuchte angestrengt nicht zu Rose hinüberzuschauen. Er hatte keine Angst, dass sie wütend sein könnte. Ihren Zorn konnte er ertragen. Wovor er sich wirklich fürchtete, war ihre Verachtung.

»Cyril?«, fragte sie und sah ihn dabei eindringlich mit versteinerter Miene an.

Cyril schaute auf den Boden. Er flüsterte: »Es tut mir Leid, Rose.«

»Cyril? Hast du das Essen gekocht?« Ihre Stimme wurde lauter und Cyril zuckte zusammen. »Cyril?« Sie sah ihn immer noch an, ihre Augen funkelten vor Zorn.

»Rose, ich . . .« Cyril versagte die Stimme. Er wusste nicht mehr weiter. Er wusste nur, dass jetzt alles vorbei war. Ein Teil von ihm war befreit, ein anderer Teil war wie tot. Er atmete langsamer und tiefer. »Ja«, flüsterte er, während sein Blick durchs Zimmer wanderte auf der Suche nach etwas, irgendetwas, an dem er sich festhalten konnte. »Ich habe das Essen gekocht.«

»Ich habe geholfen«, sagte Nick.

»Du hast geholfen? Ist das alles, was du zu deiner Rechtfertigung zu sagen hast, Nick?«, schnaubte Rose. Sie strich sich das Haar mit den Händen zurück und band es mit dem Gummiband, das sie am Handgelenk trug, wieder zu einem Pferdeschwanz zusammen, streng, glatt und überaus perfekt.

»Hätte ich bloß auf Jamie gehört. Sie hat euch durchschaut, aber ich habe ihr nicht geglaubt, bis ich Cyril in der Küche entdeckte.« Sie wandte sich ab. »Ich kann nicht glauben, dass ihr mich beide angelogen habt.«

»Warte, Rose . . .«

»Hast du wenigstens die Küchentisch-Kekse gemacht, Nick?«

»Nein«, antwortete Cyril. »Hat er nicht. Die habe auch ich gebacken.«

»Ich kann's nicht glauben. Wie konnte ich nur so blöd sein!«

»Bist du doch gar nicht! Ich wollte nur, dass du mich magst, Rose. Warte«, flehte Nick.

»Hör auf, Nick. Ich will nichts mehr hören. Ruf mich nicht an. Du auch nicht, Cyril. Lasst euch die Aphrodisiaka schmecken. Sie wirken übrigens nicht, falls du das angenommen haben solltest, Cyril. Ich wollte dich nur dazu bringen, dass du mir sagst, wer das Essen gekocht hat.«

»Bitte, Rose.« Cyril streckte die Hand nach ihr aus. »Warte . . .«

Die Jungs liefen hinter ihr her, als sie zu ihrem Wagen ging.

»Nein.« Rose zog ihr Handy aus der Tasche und begann zu wählen. »Jamie? Ich bin's. Wo bist du? Kannst du ihn in die Wüste schicken? Ich muss mit dir reden. Du hattest Recht und mir tut es so Leid . . .« Sie warf die Wagentür zu, das Handy immer noch am Ohr.

Cyril stand in der gepflasterten Einfahrt und hörte, wie Rose den Motor anließ. Als sie das Fernlicht einschaltete, war er geblendet, nackt. Er schlug die Hände vors Gesicht.

(Überlege genau, was du dir wünschst!)

Gewürz-Feigen

- 1 Packung getrocknete Feigen, etwa 15 Stück
- 2 Esslöffel Zucker
- 2 Esslöffel gemahlenen Zimt
- 1 Teelöffel chinesische Fünffach-Würze
- ½ Teelöffel Nelkenpulver
- ½ Teelöffel frisch geriebene Muskatnuss

1. Vermische sämtliche Gewürze in einer Schüssel.
2. Wälze die Feigen in der Gewürzmischung. Sie sollen rundum damit überzogen sein.

Weißbrot

1. Kaufe es.

Karamellisierte Zwiebelpaste mit weißen Trüffelflocken

- 2 große oder 3 mittelgroße gelbe Zwiebeln, in dünne Ringe geschnitten
- 3 Esslöffel Butter
- 2 Esslöffel Olivenöl
- grobes Meersalz
- weiße Trüffelflocken (wenn du magst)

1. Erhitze die Butter mit einem Esslöffel Olivenöl bei hoher Temperatur in einer großen Pfanne. Wenn

die Mischung zu blubbern beginnt, gibst du nach und nach die Zwiebelringe hinein. Gut umrühren, bis sie rundum glänzen. Sind alle Zwiebelringe in der Pfanne, drehst du die Temperatur auf die mittlere Einstellung zurück.

2. Lass die Zwiebeln 45 bis 55 Minuten kochen, dabei gelegentlich umrühren. Die Zwiebeln kochen stark ein und nehmen eine tief dunkelbraune Farbe an. Nimm sie vom Herd und lass sie in der Pfanne abkühlen.
3. Gib die abgekühlten Zwiebeln in eine mittelgroße Schüssel. Gib einen Esslöffel Öl dazu und zerdrücke die Zwiebeln mit einem hölzernen Kochlöffel, bis eine Paste entsteht. Gib die Paste in eine kleine Servierschüssel und streue etwas grobes Meersalz und eventuell ein paar weiße Trüffelflocken darüber.

Kichererbsen-und-Pinienkern-Dip

- ☛ 1 Glas Kichererbsen (560 g)
- ☛ 6 Esslöffel Pinienkerne
- ☛ Saft einer Zitrone
- ☛ 1 Prise Salz
- ☛ 12 Teelöffel Kreuzkümmel
- ☛ 4–5 Safranfäden (muss nicht sein, ist aber zu empfehlen)
- ☛ 1 Esslöffel frisch gehackte Petersilie

1. Gib die Kichererbsen (mit der Flüssigkeit), die Pinienkerne, Zitronensaft, Salz, Safran und Kreuzkümmel in den Mixer und püriere alles so lange, bis eine glatte Masse entstanden ist. Schütte, falls nötig, noch etwas Wasser dazu.
2. Serviere den Dip in einer kleinen Schüssel und bestreue ihn mit der frischen Petersilie.

Artischockenherzen mit Senf

- 1 Dose Artischockenherzen (170 g), abgetropft und geviertelt
- 1 Esslöffel Olivenöl (vielleicht brauchst du noch etwas mehr, halte es also griffbereit)
- 1 Esslöffel Senfkörner
- 1 Esslöffel Dijon-Senf

1. Lass das Olivenöl und die Senfkörner bei mittlerer Hitze köcheln, bis die Senfkörner aufspringen.
2. Drehe die Temperatur etwas herunter und rühre den Dijon-Senf in das Öl.
3. Gib die Artischockenherzen dazu und schwenke sie in der Öl-Senf-Mischung, bis sie ganz damit überzogen sind. (Gib, falls nötig, noch etwas Öl dazu.)
4. Wenn die Artischockenherzen durch und durch warm sind, legst du sie in eine Servierschüssel und träufelst etwas von dem Öl aus der Pfanne darüber.

Salat aus Ruccola und Blutorangen

- 2 Bund Ruccola
- 2 Esslöffel Olivenöl
- 1 Esslöffel Rotweinessig
- 1 Esslöffel Zitronensaft
- 1 Prise Salz
- 1 Prise gemahlenen Pfeffer
- 4 Blutorangen, geschält und in mundgerechte Stücke zerteilt
- ¼ Tasse grob gehackte Walnüsse (falls gewünscht)

1. Wasche den Ruccola-Salat sorgfältig, entferne die dicken Stängel und schleudere ihn gut trocken. Falls

genügend Zeit ist, lege ihn wieder in den Kühlschrank, damit er schön knackig bleibt.

2. Verrühre in einer großen Salatschüssel Olivenöl, Zitronensaft, Rotweinessig, Salz und Pfeffer.
3. Gib den Salat dazu und rühre vorsichtig um.
4. Gib die Orangenstücke und die Nüsse dazu und rühre noch einmal um.

Selbst gemachte Pralinen

- 225 g Blockschokolade, fein geraspelt
- ½ Tasse Sahne
- 50–60 g Butter, geschmolzen und wieder abgekühlt
- 1 Teelöffel Vanille-Extrakt oder ½ Teelöffel Mandel-Aroma
- 170 g Schokoladenflocken
- Kakaopulver

1. Gib die fein geraspelte Blockschokolade in eine mittelgroße Schüssel.
2. Erhitze die Sahne in einem Topf und gieße sie über die Schokolade. Umrühren, bis eine glatte Masse entsteht. Nun rührst du die Butter und das Vanille- oder Mandel-Aroma darunter.
3. Stelle die Schüssel zugedeckt über Nacht in den Kühlschrank. Die Schokolade wird ziemlich fest.
4. Lege Backpapier auf den Boden einer Springform. Stich mit einem Melonenausstecher oder einem Teelöffel kleine Bällchen von der Schokolade ab und setze sie darauf.
5. Lass die Schokoladenflocken in einem geeigneten Gefäß auf höchster Stufe in der Mikrowelle schmelzen. Einmal umrühren und beiseite stellen.

6. Bestäube die Pralinen durch ein feines Sieb mit Kakaopulver.
7. Gieße die geschmolzene und wieder etwas abgekühlte Schokolade vorsichtig über die Pralinen und stelle sie, bis du sie brauchst, in den Kühlschrank.

Kandierte Ingwer-Veilchen
(Frage in den Feinkostgeschäften in deiner Umgebung nach essbaren Blüten.)

- ☛ 1 zimmerwarmes Eiweiß
- ☛ 1 Esslöffel Wasser
- ☛ 1–2 Teelöffel gemahlenen Ingwer
- ☛ ½ Tasse sehr feinen Zucker
- ☛ 1 Dutzend essbare Veilchen (oder andere essbare Blüten)

1. Das Eiweiß mit dem Wasser verrühren und beiseite stellen.
2. Zucker und Ingwerpulver mischen und ebenfalls beiseite stellen.
3. Lege ein Kuchenblech mit Backpapier aus.
4. Bereite eine Blüte nach der anderen zu. Halte die Blüte mit einer Pinzette und bestreiche mit einem neuen, feinen Pinsel vorsichtig beide Seiten der Blütenblätter mit der Eiweiß-Wasser-Mischung. Danach leicht mit der Zuckermischung bestäuben. Lass die Blüten mindestens 2 Stunden auf dem Blech trocknen.
5. Sind alle Blüten trocken, kannst du sie entweder sofort servieren oder in einem luftdichten Gefäß aufbewahren, bis du sie brauchst.

Heisse Schokolade mit geschlagener Sahne

Die mitteilsame Kundin verließ endlich den Laden und Alice wandte sich wieder Cyril zu. »Du siehst mir nicht aus wie sonst.« Sie klang besorgt. »Irgendetwas stimmt nicht. Was ist los?«
Cyril fühlte sich ausgelaugt und zittrig, als sei er die ganze Nacht auf gewesen und hätte den ganzen Tag über Kaffee getrunken, um wach zu bleiben. Was der Wahrheit ziemlich nahe kam.
»Nichts Besonderes. Gar nichts.« Er wippte auf den Fußballen nach vorne, nach hinten und wieder nach vorne. Staccato-Wippen.
»Okay«, meinte Alice, während sie durch die neueste Ausgabe des *Feinschmecker* blätterte, »dann sag mir, wie weit du mit deinen Vorbereitungen für die Aufnahmeprüfung bist. Hast du dir schon überlegt, was du kochen willst?«
»Nein«, antwortete Cyril steif. »Ich habe mir noch keine Vorspeise überlegt, ich habe mir noch kein Hauptgericht überlegt, ich habe mir noch kein Dessert überlegt. Und es ist mir auch egal. Was soll das Ganze überhaupt?«
»Sachte, Cyril.«
»Tut mir Leid.« Er holte tief Luft.
»Bei dem Ganzen geht es darum, dass du diese Woche

vorkochen musst. Am Samstag. Hast du das vergessen? Ich weiß, dass du in der Lage bist, es mit Bravour zu meistern, und du weißt es auch, aber vorbereiten musst du dich trotzdem. Du musst dich darauf einstellen. Glaub mir, ich habe es erlebt, wie viel versprechende Kandidaten ihr Vorkochen verpatzt haben. Die Prüfer kennen keine Gnade, Cyril.«

Cyril hatte wirklich keine Lust, jetzt darüber nachzudenken. »Und wennschon.«

»Nein, nicht *und wennschon*. Cyril, hör mir zu. Kochen ist kein Beruf wie jeder andere. Du kannst nicht erst mit 25 Jahren damit anfangen. Du musst die Gelegenheit ergreifen, solang du jung bist. Das ist deine Chance. Nimm sie ernst und vergib sie nicht. Du bist zu gut.«

Cyril starrte stumm auf den Boden.

»Mach dir keine Sorgen um das, was du kochst. Aber was du kochst, musst du perfekt machen, und du musst dir deiner Sache ganz sicher sein. Denk immer ans Zuckerbrot, Cyril. Wenn du das richtig machst, könntest du die Prüfer allein damit überzeugen.«

»Ja, okay. Aber ich will nicht darüber reden.«

»Worüber.«

»Über alles. Wirklich. Okay?«

»Okay.« Alice beugte sich wieder über ihre Zeitschrift.

»Alice? Weißt du noch – die weißen Trüffel, die du mir gegeben hast?«

»Oh, gut, dass du sie ansprichst. Wirf sie weg, Cyril. Ich glaube, sie sind schlecht. Es ist das erste Mal, dass mir so etwas passiert ist.«

»Zu spät.«
»Wieso?«
Da erzählte ihr Cyril alles. Er wusste, dass er nichts mehr zu verlieren hatte, nachdem er sämtliche Chancen bei Rose verspielt hatte und wahrscheinlich auch bei seinem besten Freund. Er erzählte Alice sogar, wie Rose einfach durch ihn hindurchgesehen hatte, als er sie in der Schule grüßte.
Alice hörte ihm aufmerksam zu. Als sie sicher sein konnte, dass er fertig war, fragte sie: »Willst du meinen Rat hören?«
»Ich weiß nicht. Will ich ...?«
»Ich gebe ihn dir und du kannst ihn nehmen oder nicht. Du musst dich entschuldigen. Überlege dir etwas, womit du Rose zeigen kannst, dass es dir Leid tut. Und sieh zu, dass es auch bei ihr ankommt.«
»Warum? Es hat doch keinen Sinn. Sie hasst mich.«
»Da magst du Recht haben. Aber es geht nicht darum, wie sie reagiert und ob sie am Ende doch erkennt, dass sie verrückt nach dir ist. Wenn du dich entschuldigst, tust du das für *dich*, Cyril. Wenn du sagst, es tut mir Leid, hast du erkannt, dass das, was du getan hast, falsch war. Du erleichterst dein Gewissen, damit du dich nicht selbst hassen musst. Und du lernst etwas daraus. Was danach passiert ... wer weiß?«
»Willst du damit sagen, dass ich noch eine Chance habe bei Rose?« Cyril war ganz Ohr.
»Ich bitte dich! Rose müsste verrückt sein, wenn sie jetzt sofort mit dir ausgehen würde. Ich habe nur ge-

sagt, du musst dir etwas überlegen, wie du dich entschuldigen kannst, und sie kann die Entschuldigung dann annehmen oder nicht. Mach das, auch wenn du keine Aussicht auf ein Happyend in naher Zukunft haben dürftest.«

»Danke. Super. Mein Leben ist sinnlos.« Cyril senkte den Kopf.

»Ich sage nur, dass du das Richtige tun musst. Sag, wie es war, lerne etwas daraus, und warte ab. Es geht ganz bestimmt wieder aufwärts. Kann nur sein, dass es eine Weile dauert.« Alice blätterte eine Seite um. »Gut, dass deine AICA-Prüfung so kurz bevorsteht, da hast du etwas Positives, auf das du dich konzentrieren kannst.«

»Kochen? Etwas Positives? Das war einmal. Meine Kocherei hat mir das Ganze ja erst eingebrockt.« Cyril schüttelte heftig den Kopf.

»Wieder falsch«, sagte Alice und rückte ihren Filzhut zurecht. Er war türkisfarben an diesem Tag. »Es war nicht deine Kocherei, die dir das eingebrockt hat, sondern deine falsche Entscheidung. Aber mit Kochen könntest du dich möglicherweise wieder herausmanövrieren. Ich weiß, dass du im Moment leidest, Cyril, aber deine Zukunft ist zu wichtig, als dass du sie wegen eines Mädchens aufs Spiel setzen dürftest. Glaub mir, das ist deine Fahrkarte heraus aus dem Schlamassel, in dem du dich zur Zeit wälzt. Cyril? Hörst du mir überhaupt zu?«

Er antwortete nicht. Er hörte zu, aber er antwortete nicht.

»Du darfst es nicht aufs Spiel setzen«, wiederholte Alice. »Dieser Samstag ist der wichtigste Tag in deinem Leben.«
Er wusste, dass sie Recht hatte, aber er hatte nur Rose im Kopf.

Am nächsten Tag, einem Dienstag, erschien ein aufgeregter, ungeduldiger, unausgeschlafener Cyril kurz vor Beginn der dritten Stunde in der Schule.
Nachdem er sich vom stellvertretenden Rektor seinen Rüffel wegen Zuspätkommens abgeholt hatte, ging er in den zweiten Stock zu Roses Schließfach. Er hatte eine Edelstahl-Thermoskanne dabei, an deren Inhalt er den ganzen Morgen gearbeitet hatte.
Auf halbem Weg klingelte sein Handy. »Hallo?«
»Hey, ich bin's.« Es war Nick. »Ich liege immer noch auf eurer Couch.«
Da lag er seit dem Aphrodisiaka-Desaster unter dem Vorwand, er habe Bauchschmerzen. Irgendwann war Cyril so weit gewesen, dass er ihn am liebsten rausgeschmissen hätte, doch Mrs Bartholomew war strikt dagegen gewesen. »Wir müssen uns um unseren Nicky kümmern. Wenn wir es nicht tun, tut es keiner.« Sie behauptete ständig, dass Nick ein erwachsener Mann sein würde, bevor er merkte, dass man ihn um seine Kindheit betrogen hatte, und Cyril wusste, dass sie Recht hatte. Also hatten er und Nick den Rest des Wochenendes mit Fernsehen verbracht und den ganzen Tag nichts weiter zueinander gesagt als »Gib mal die Fernbedienung rüber«.

»Pass auf, Cyril, Ich wollte dir nur sagen, dass es mir Leid tut.«

»Was?«, fragte Cyril.

»Was? Blödmann! Ich habe hier gelegen und über alles nachgedacht. Nicht nur über das Wochenende, sondern über die ganze Zeit, seit ich wieder hier bin. Ich hätte nie gedacht, dass es so schief gehen könnte. Tut mir Leid.«

»Hast du mit Rose gesprochen?«

»Machst du Witze? Nein. Aber wenn ich irgendetwas tun kann, sag es mir einfach. Ja, Cyril?«

Cyril holte tief Luft. »Ich liebe sie, Nick.« Er war überrascht, die Worte laut ausgesprochen zu hören.

Nick antwortete nicht gleich. Schließlich sagte er: »Ich weiß, Mann. Jamie hat es mir gesagt.«

»Bist du jetzt sauer?«, wollte Cyril wissen.

»Nicht wirklich, nein.«

»Warum nicht?«

»Sie ist Rose. Alle lieben sie.« Nick legte eine Pause ein. »Außerdem seid ihr füreinander bestimmt.« Cyril bog um die Ecke. Und da stand Rose und stopfte Bücher in ihren Rucksack. So früh hatte er nicht mit ihr gerechnet. »Ich muss Schluss machen«, sagte er ins Handy. Er legte auf, bevor Nick noch etwas erwidern konnte.

»Hallo, Rose. Hallo, Jamie.«

»Hallo, Cyril«, sagte Jamie. Sie schien vollkommen überrascht. Cyril straffte die Schultern und holte tief Luft. »Rose, es . . . also, estutmirLeid.« Er wusste, dass er zu schnell sprach, also machte er eine Pause und atmete durch. »Ich habe dir etwas vorgemacht. Aber ich wollte dir nie wehtun. Ich habe einen Fehler gemacht. Es hätte nie so weit kommen dürfen.« Er schaute zu Jamie hinüber, die ihm mit der Handkante am Hals bedeutete, er möge aufhören.

Aber er hörte nicht auf. »Hier, für dich, Rose.« Er hielt ihr die Edelstahl-Thermoskanne hin. »Heiße Schokolade mit geschlagener Sahne. Ich habe sie extra für dich gemacht. Ich hoffe, sie schmeckt dir.« Er hielt die Thermoskanne höher. »Bitte nimm sie.« Er versuchte zu lächeln, aber sie hatte ihn immer noch nicht angeschaut. »Ich hoffe, dass wir irgendwann wieder Freunde sein können.« Da versagte ihm die Stimme.

Rose schloss ihr Schließfach, ging davon und sagte, ohne ihn anzusehen: »Nein danke.«

Sie sagte es, als reichte er auf einer Party Häppchen herum. Sie sagte es nicht einmal direkt zu ihm, nur in seine Richtung. Kein Blickkontakt, kein »Nein danke, Cyril«, nicht mal ein »Lass mich in Ruhe, mit dir rede ich nicht mehr«. Lediglich ein kaltes »Nein danke«.

Es klang nicht so, als hasste sie Cyril, sondern einfach so, als sei er ihr vollkommen gleichgültig. Und das tat mehr weh als alles andere. Cyril war wie erstarrt. Er schaute den beiden nach, wie sie davongingen.

Jamie drehte sich noch einmal um und zuckte hilflos mit den Schultern. »Hast du ein paar Kekse oder so?«, fragte sie, bevor sie um die Ecke bog.

Und hinter sich hörte Cyril eine Stimme: »Heiße Schokolade mit geschlagener Sahne? Mmmmh!« Es war Christina Cartagena mit einem aufdringlichen Lä-

cheln. »Kann ich was davon haben?« Offensichtlich hatte sie Cyril die unfeinen Bemerkungen der vergangenen Woche verziehen.
Zum Biologieunterricht erschien Rose nicht.

Heiße Schokolade mit geschlagener Sahne

- 1 Tasse Milch
- 2 Esslöffel Kakaopulver
- ⅓ Tasse Zucker
- 1 Teelöffel Vanille-Extrakt
- 1 winzige Prise Salz
- 2 Rippen Blockschokolade, in Stücke gebrochen
- 1 Tasse Sahne

1. Erwärme in einem kleinen Topf bei niedriger Hitze die Milch, bis sie dampft. Gib Zucker, Kakao, Vanille und Salz dazu und rühre so lange mit einem Schneebesen, bis sich alles aufgelöst hat.
2. Gib die Schokolade dazu. Rühre weiter, bis sie geschmolzen ist. Nimm den Topf vom Feuer und lass die Milch etwas abkühlen.
3. Gieße die Sahne in eine mittelgroße Schüssel und schlage sie mit dem elektrischen Handrührgerät steif.
4. Hebe die Sahne vorsichtig unter die heiße Schokolade. Serviere sie möglichst sofort in einer großen Tasse mit einem Löffel. Transportierst du sie in einer Thermoskanne, bevor du sie servierst, musst du mit mittelprächtigem Ergebnis rechnen.
   (Ich hätte es wissen müssen! Hast du mein Bild gesehen? Du findest es im Bildwörterbuch gleich neben dem Begriff Schwachsinniger.*)*

Hühnerfreie Hühnersuppe

»Mr Meech?« Cyril streckte den Kopf in Mr Meechs Büro beim Biologiesaal. »Kann ich Sie bitte etwas fragen?«

Meech schaute von seinem Schreibtisch hoch, auf dem stapelweise unkorrigierte Testblätter lagen. »Nein, LSD lässt sich nicht aus Bleichmittel und Glasreiniger herstellen. Und ja, man kann vom Formaldehyd-Schnüffeln high werden.« Meech kicherte in sich hinein. Wie die meisten Highschool-Lehrer war er gerade noch diesseits der Verrücktengrenze. Cyril fragte sich, ob es daran lag, dass sie über Jahre hinweg Schülern ausgesetzt waren, oder ob es eine Voraussetzung für den Job war. »Nur ein kleines Biologie-Lehrer-Späßchen, Cyril. Entspann dich, du siehst aus, als ginge es um etwas Wichtiges. Setz dich. Was kann ich für dich tun?«

Cyril, der bereits seit einer halben Woche die größte Geduldsprobe ertrug, die er je ausgestanden hatte, wartete noch einen Moment, bevor er sprach. Er wollte sicher sein, dass Meech tatsächlich fertig war. »Also, ich habe mich gefragt . . . Mr Meech, wissen Sie vielleicht, wo Rose ist? Wir haben Donnerstag und sie war seit Dienstag nicht mehr in der Schule.«

»Rose?« Meech wurde ungewöhnlich ernst. Er nahm seine Brille ab. »Sie ließ sich einen anderen Platz geben. Du bist nicht mehr ihr Biologie-Partner, Bartholomew.«

»Ich weiß.« Cyril verlor die Kontrolle über seine Augen. Sie wanderten vom Zeitschriftentisch zu seinen Turnschuhen, zum Aquarium, zu Meechs Haaransatz, zu dem Skelett in der Ecke. Meech schaute immer noch streng. »Wissen Sie, ob alles in Ordnung ist? Ich mache mir Sorgen.«

Meech setzte die Brille wieder auf und wandte sich seinen Testblättern zu. »Sie ist zu Hause. Sie hat Grippe, glaube ich.«

»Danke, Mr Meech.« Als Cyril aus der Tür trat, lief er in Jamie hinein.

»Pass doch auf, Cyril!« Er fuhr herum. Er hatte sie am Arm erwischt und sie hatte sich Kaffee über ihre Hose aus Schlangenlederimitat geschüttet. »Aber hallo! Die muss in die Reinigung.«

»Tut mir Leid, Jamie.«

»Wie geht's dir, Cyril?« Ihr Ton schlug rasch von Ärger in Besorgnis um.

»Gut. Ich bin nur spät dran.«

»Wofür?«

»Für Rose. Für alles.« Er schob sich an ihr vorbei. »Ich muss los.«

»Warte, Cyril. Hast du diese Küchentisch-Kekse wirklich selber gemacht?«

»Ja. Warum?«

»Sie waren einfach phantastisch. Die besten Kekse, die ich je gegessen habe. Ich habe immer noch den Geschmack auf der Zunge. Egal, was passiert, du weißt hoffentlich immer, wie gut du bist in dem, was du tust.«

Cyril spurtete los.

»Cyril! Mach keine Dummheiten«, rief Jamie ihm nach. »Versuch's zumindest.«

Cyril war daheim und steckte bereits bis zu den Handgelenken in blassgrünem Lauch und klein geschnittenen Karotten, bevor ihm klar wurde, dass er seit seinem Gespräch mit Meech instinktiv nur gerannt war. Er hatte nicht wirklich darüber nachgedacht, was er tun könnte, als er hörte, Rose sei krank, er hatte es einfach in Angriff genommen. Alices Worte gingen ihm nicht mehr aus dem Kopf: *Sieh zu, dass es auch ankommt*.

Was sie sonst noch gesagt hatte – *Konzentriere dich auf deine Prüfung am AICA. Du bist zu gut* –, hatte er vollkommen vergessen. Er sah nur noch Rose.

Die Session in der Küche zog sich an diesem Abend lang hin. Cyril putzte gewaltige Mengen von frischem Gemüse und Kräutern, schnitt in Würfel und Streifen, dämpfte, kochte, ließ köcheln, rührte um, probierte, goss auf, vermengte, überwachte, redete gut zu, schmeckte ab und fügte noch ein bisschen dazu. Er verarbeitete Karotten, Zwiebeln, Sellerie, Lorbeerblätter, Senf, Lauch, Knoblauch, Salbei, Grünkohl und noch einiges mehr. Die Küche war erfüllt vom Duft nach Knoblauch, Kräutern, Zwiebel, Trost, Zufriedenheit und Liebe.

Alice rief zweimal an und fragte wegen der AICA-Prüfung nach und ob er sich vorbereite. Zweimal ließ Cyril sie auf den Anrufbeantworter sprechen.
Er ging voller Hoffnung ins Bett in dem Wissen, eine unvergleichliche Suppe gekocht zu haben. Und am nächsten Morgen brachte er sie in einer Thermoskanne als Allerserstes zu Rose und stellte sie ihr vor die Haustür.

Rose war hellwach. Mit Garfunkels Hecheln im Ohr hätte sie locker noch zwanzig Minuten weiterschlafen können. Doch nach dem Schock, den ihr Simons kalte, feuchte Zunge verpasst hatte, war an weiterschlafen nicht mehr zu denken. Sich auf die andere Seite zu drehen und noch einmal einzuschlafen konnte sie nach einem solchen Hundekuss vergessen.
»Okay, ihr zwei, die alte Schlafmütze steht auf«, sagte sie, während sie ihre beiden Cockerspaniels streichelte und kraulte. Sie reckte sich und setzte die Brille mit den übergroßen Gläsern auf, bevor sie die ultimative Show für Grippetage einschaltete: *Der Preis ist heiß*. Doch als die kreischende Hausfrau aus Topanga Canyon für den Entsafter einer Markenfirma einen Preis von 50 Dollar nannte, hatte Rose genug. Man brauchte kein gelernter Koch zu sein, um zu wissen, dass fünfzig Dollar absolut unrealistisch waren. Das hätte selbst Nick gewusst.
Nick.
Rose hatte immer noch eine Wut auf ihn. Es gab Momente, da wäre sie am liebsten zu ihm nach Hause ge-

fahren und hätte ihm eine gescheuert. Aber wenn ihr bei Nick danach war, ihm eine zu scheuern, war ihr bei Cyril danach, ihn in den Magen zu boxen. Aus irgendeinem Grund schmerzte sein Verrat mehr.
Doch sie hatte genug von Wut und Schmerz und war der Meinung, frische Luft würde ihr gut tun. Sie stopfte sich ein halbes Papiertaschentuch in die Nase (als umweltbewusster Mensch konnte sie mit dieser Methode den Verbrauch von Papiertaschentüchern drastisch senken), wickelte sich in ihre Decke und ging in die Küche, um sich eine Tasse Tee zu kochen, die sie mit nach draußen nehmen konnte.
Vor der Haustür setzte sie sich in den Schaukelstuhl, der schon vor ihrer Geburt dort gestanden hatte. Er hatte ihrer Großmutter gehört und Rose kam sich fast selber schon wie eine Großmutter vor, wie sie da saß und schaukelte, Kräutertee trank und Papiertaschentücher aus der Nase hängen hatte. Sie war das Abbild eines Menschen, der aufgehört hatte sich darum zu kümmern, was andere Leute von ihm dachten, eine Haltung, die alten Menschen oft eigen war. Bei dieser Vorstellung musste sie kichern.
Und da fiel ihr Blick auf etwas Glänzendes. Eine Edelstahl-Thermoskanne mit einem Kärtchen dran. Darauf stand: *Für Rose mit lieben Grüßen.*
Sie versuchte beides zu ignorieren. »Die Nummer mit der Thermoskanne hat er doch schon mal versucht«, brummte sie und ließ die Kanne draußen stehen, als sie wieder ins Haus ging und die Tür hinter sich zuschlug.

Sie ging nach oben, um dem Frühstücksfernsehen noch eine Chance zu geben, doch die geballte Ladung Werbung ließ sie bald wieder in die Küche fliehen zu ihren leeren Schränken. Alles, was sie fand, waren eine Nachricht von ihrer Mutter, dass sie sich alles Nötige vom Supermarkt bringen lassen sollte, und ein verstaubtes Glas Kapern.

Die Thermoskanne vor der Tür rief ihren Namen.

Aber das konnte sie nicht tun.

Oder doch?

Sie musste. Sie war am Verhungern.

Sie holte die Thermoskanne herein und las, was noch auf der Karte stand. *Hühnerfreie Hühnersuppe von einem Freund.* Sie verdrehte die Augen und schraubte die Kanne auf. Roch gut.

Das Universum hatte gesprochen.

Sie schüttete die Suppe in einen Topf und stellte die Herdplatte an. Sie hatte schließlich eine Wut auf Cyril und nicht auf das, was er kochte!

Als sie die Suppe in eine tiefe Suppentasse goss, stieg ihr der intensive, erdige, bodenständige und wohltuende Duft in die Nase.

Sie atmete aus und beugte den Kopf tiefer über die Tasse, um noch einmal eine Nase voll zu nehmen. Wow. War es tatsächlich möglich, dass er die Suppe gekocht hatte? Noch nie zuvor hatte sie so etwas gerochen und doch war der Duft vertraut. *Es ist, als hätte er mich mein ganzes Leben lang umgeben . . . oder als wollte ich ihn für den Rest meines Lebens um mich haben . . . oder beides.*

Dann hob sie den Löffel an den Mund und spürte, wie die Suppe Wärme und Leben durch ihren Körper in ihren Bauch schickte, in ihren Kopf und ihr Herz. Ihr Arm war, seitdem sie den Löffel zum ersten Mal an den Mund geführt hatte, in ständiger Bewegung. Nachdem sie die Tasse laut schlürfend geleert hatte, griff sie nach dem Topf und schüttete sich noch etwas nach.

Während sie die zweite Tasse leerte, spürte sie die Suppe durch ihren Körper wandern. Es war, als bekäme jede Zelle etwas davon ab, und jede Zelle lechzte danach.

Sie schmeckte wie das Essen von Nick. Nur dass es nicht Nicks Essen war. Es war das von Cyril. Rose badete in dem kräftigen Duft der Suppe.

Plötzlich hatte sie Cyrils Bild vor Augen. Bis jetzt war ihr nicht aufgefallen, wie viele Gesichter er hatte. Sein glückliches Gesicht, wenn er in Biologie mit ihr Blödsinn machte. Sein ernstes Gesicht, wenn sie sich bei ihm über Brandon ausheulte. Sein herausforderndes Gesicht, wenn er nicht zuließ, dass in Meechs Unterricht über sie gespottet wurde. Sein verletzliches Gesicht, wenn er ihr wie neulich heiße Schokolade mit geschlagener Sahne anbot.

Was ist bloß in dieser Suppe? Sie hatte einen vollkommen klaren Kopf und gleichzeitig war ihr schwindelig. Die Suppe forderte sie auf sich schlafen zu legen und im selben Atemzug aufzuwachen. *Was ist nur da drin?*

Sie schloss die Lider und Cyrils eisblaue Augen

schauten sie an. Das war die Antwort. *Cyril. In der Suppe ist Cyril.*

Das war Roses letzter Gedanke, bevor sie einschlief. Und sie schlief durch bis zum nächsten Tag.

Hühnerfreie Hühnersuppe

- ☛ 3 ganze Knollen Knoblauch
- ☛ 2 Teelöffel Chilipulver
- ☛ ¾ Liter kaltes Wasser
- ☛ 1 Pfund klein geschnittene Karotten
- ☛ 2 große, in Würfel geschnittene Zwiebeln
- ☛ 1 Bund Sellerie, in Stücke geschnitten
- ☛ 2 Lorbeerblätter
- ☛ 2 Teelöffel Senfpulver
- ☛ 1 Grünkohl, in Streifen geschnitten
- ☛ 3 dicke Stangen Lauch, in Ringe geschnitten
- ☛ 2 Esslöffel getrockneten Salbei
- ☛ 1 Esslöffel Kreuzkümmel
- ☛ 1 Beutel frischen Blattspinat, in Streifen geschnitten
- ☛ ¼ Tasse frischen Ingwer, sorgfältig mit dem Sparschäler geschält und in hauchdünne Scheibchen geschnitten

1. Schneide die drei Knoblauchknollen in der Mitte durch. Entferne die äußeren Häutchen (die inneren können ruhig dranbleiben). Gib den Knoblauch, das Chilipulver und kaltes Wasser in einen großen Topf. Bring es bei mittlerer Hitze langsam zum Kochen, schalte die Temperatur herunter und lass es zugedeckt 1 Stunde lang köcheln. Kommt Schaum an die Oberfläche, schöpfst du ihn mit einer Schaumkelle ab. So nimmt das Wasser sämtliche gesunden Bestandteile des Knoblauchs auf, ohne nach Knoblauch zu schmecken.
2. Während der Knoblauch köchelt, schneidest du das übrige Gemüse klein. Lege die in Ringe geschnitte-

nen Lauchstangen in kaltes Wasser, damit Schmutz und Staubkörnchen sich lösen. (Lauch ist notorisch sandig.) Dämpfe die Karotten und Zwiebeln, den Sellerie und die Lorbeerblätter in wenig Wasser in einem Suppentopf, bis sie weich, aber nicht braun sind. Gib das Senfpulver und den Kreuzkümmel dazu.

3. Gieße das Knoblauchwasser durch ein Sieb in den Topf mit dem gedämpften Gemüse. Den Knoblauch samt Häutchen wirfst du weg. Gib den klein geschnittenen Grünkohl dazu und lass ihn 30 Minuten köcheln.
4. Jetzt fischst du die Lorbeerblätter heraus und gibst dafür den Lauch und den Salbei hinein. Lass weitere 10 Minuten köcheln. Gib Spinat und Ingwer dazu und lass noch einmal 10 Minuten köcheln.
5. Gieße die Suppe durch ein Sieb zurück in den Topf, in dem das Knoblauchwasser gekocht hat. Das Gemüse hat eigentlich seinen Dienst getan, indem es alle seine guten Bestandteile an das Wasser abgegeben hat, doch wenn es dir zu schade ist zum Wegwerfen, kannst du einen Teil davon mit einem Holzlöffel durch das Sieb in die Suppe streichen.
6. Serviere die Suppe heiß mit Bauernbrot oder stelle sie in den Kühlschrank und wärme sie am nächsten Tag auf. Diese Suppe wird mit jedem Aufwärmen besser.

Birnen-Charlotte

»Mr Bartholomew.«

Cyril schaute von seinem Arbeitsbereich auf. Der österreichische Kochlehrer sah nicht glücklich aus, wie er so vor ihm stand mit der perfekt gefältelten Kochmütze, gezupften Augenbrauen, der makellosen Kochjacke mit den grüngoldenen Kragenlitzen, die sein Kochsein auf der obersten Stufe der Rangleiter unterstrichen. »Das Jackett. Wir haben ein Problem.« Er deutete auf Cyrils weiße Kochjacke.

Cyril schaute an sich hinunter. Ihm fiel nichts auf. »Ja?«

»Der Knopf! Der Faden!« Er zeigte mit dem Finger auf Cyrils Brust. Und tatsächlich, vom dritten weißen Knopf von oben, in der linken Reihe, hing kaum erkennbar ein weißes Fädchen.

»Ich bitte um Entschuldigung.« Cyril griff nach seiner Küchenschere und schnitt den Faden ab.

Er hatte Glück gehabt, dass er es überhaupt noch rechtzeitig geschafft hatte, und dass seine Mutter seine Kochjacke gewaschen und gebügelt hatte, war ein Geschenk des Himmels gewesen. Er hatte ein gutes Gefühl, weil er mit einem herunterhängenden Fädchen davongekommen war.

»Hmpf.« Der Kochlehrer ging weiter.

Cyril wandte sich wieder seinem Arbeitsbereich zu.

Mit dem *mise-en-place,* dem Aufreihen der Zutaten, war er fertig. Drei Päckchen Salz. Zwei ganze Redsnapper mit schönen klaren Augen. Ein Kistchen Birnen. Eine Schüssel mit Rübchen, süßen Kartoffeln, Taros, Karotten und weiteren Zutaten. Zwei Packungen Löffelbiskuits. Jede Menge Knoblauch, Muskatnuss, Butter, Zucker, Olivenöl . . . Grundnahrungsmittel. Gewürze standen bereit, das Wasser kochte.

Er hatte genau drei Stunden Zeit, um sein Menü für die aus fünf Lehrern des Instituts bestehende Jury zuzubereiten. Zu der Jury gehörten unter anderem der österreichische Chefkonditor Helmut Rammstein und Kitty Woo, Chefköchin und Direktorin des AICA. Kitty Woo war eine Legende. Als sie einmal im Oregano gewesen war, hatte Alice ihr Cyril vorgestellt. Wenn Cyril an die Begegnung dachte, erinnerte er sich nur noch daran, dass er ihr eine vollkommen verschwitzte Hand gereicht hatte.

Cyril wusste, dass ihm mit seinem Snapper in Salzkruste und dem Gratin aus Wurzelgemüse nichts passieren konnte. Die Karotten-Consommé hatte er noch nicht so oft ausprobiert, aber er war zuversichtlich, dass es klappen würde. Das Dessert war eine andere Geschichte.

Er war sein gesamtes Repertoire durchgegangen, von dem Schokoladenkuchen ohne Mehl über die Aprikosen-Tarte zu der Eisbombe »Tropical«. Alle diese Sachen waren entweder zu langweilig, zu protzig, zu riskant, zu einfach, zu schlicht oder zu bombastisch. Alles außer der Birnen-Charlotte.

Eine Birnen-Charlotte war der perfekte Schlusspunkt für sein Prüfungs-Menü. Er konnte regionale Zutaten verwenden (Koch-Juroren fanden das immer gut) und sein ganzes Können unter Beweis stellen. Und es war ganz ausgeschlossen, dass einer von den anderen Prüflingen dasselbe machte. Das einzige Problem war, dass er noch nie eine Birnen-Charlotte zubereitet hatte. Er hatte einen Probedurchgang geplant gehabt, aber in der Hektik um die hühnerfreie Hühnersuppe war er nicht mehr dazu gekommen. Doch Cyril machte sich deshalb keine Sorgen. Er hatte in seinem Leben schon tausende köstlicher Desserts zubereitet und es gab keinen Grund, weshalb es an diesem Tag anders sein sollte.

Doch, es gab einen. An diesem Tag konnte er nicht einmal mehr von Rose träumen. Sie war weg.

Stopp! Cyrils Verstand sagte: *Aufhören! Konzentriere dich!* Er musste sich in Zone K. versetzen. Das war seine einzige Chance.

Cyril drehte sich einmal um seine eigene Achse und verschaffte sich einen raschen Überblick über die Konkurrenz. Es gab drei Mitbewerber: ein Mädchen, die er vom Bauernmarkt her kannte, und zwei Jungs, Zwillinge, die aus Arizona eingeflogen waren.

»Kandidaten!«, donnerte Rammstein. »Sie haben drei Stunden Zeit, um das verlangte Drei-Gänge-Menü zuzubereiten. Eine Vorspeise, einen Hauptgang und ein Dessert. Ausnahmen gibt es nicht. Und denken Sie daran: Jedes Gericht muss perfekt sein, was die Zusammensetzung betrifft, die Zubereitung, das Aroma und die Präsentation, sonst landet Ihr Antrag auf Aufnahme in unser Begabten-Programm sofort im Papierkorb. Darf ich Sie daran erinnern, meine Dame, meine Herren, dass es sich hier um das angesehenste und ehrgeizigste Ausbildungsprogramm für Köche in diesem Land, wenn nicht auf der ganzen Welt handelt und wir nichts weniger als Perfektion erwarten.«

Zum ersten Mal, seit er kochte, war Cyril nervös. Denn zum ersten Mal wurde ihm bewusst, dass dies tatsächlich der wichtigste Tag seines Lebens war. Er holte tief Luft und versuchte sich in Zone K. zu versetzen.

»Und jetzt fangen Sie bitte an!«

Rammstein hatte den Startschuss gegeben und Cyril war augenblicklich in voller Aktion. Er begann mit der Charlotte, die nach der Zubereitung zum Durchziehen in den Kühlschrank musste. Er schüttete eine Tasse Wasser und zwei Tassen Zucker in einen Topf rührte über dem Feuer so lange um, bis die Masse zu blubbern begann und ein duftender, süßer, zäher Sirup daraus wurde.

Rammstein war ganz offensichtlich auf der Jagd. Cyril hörte ihn von der anderen Seite der Küche. »Randy? Andy? Welcher von beiden sind Sie? Ihr Handtuch liegt auf dem Boden!«

Cyril begann Eier zu trennen, indem er die Finger als Sieb benutzte. Er brauchte vier Eigelb für die Füllung. Das Eiweiß wollte er aufheben. Falls er Zeit hatte, würde er damit der Charlotte eine Krone verpassen. Das erste Ei – sauber getrennt. Das zweite Ei – sauber getrennt. Das dritte Ei – Eigelb geplatzt. Das war schlecht. Das Eiweiß ließ sich nicht mehr steif schlagen, sobald Eigelb dabei war. Drittes Ei, zweiter Versuch – sauber getrennt. Viertes Ei – noch ein geplatztes Eigelb. Cyril konnte sich nicht mehr erinnern, wann er zum letzten Mal bei einer so leichten Aufgabe auch nur mit der Wimper gezuckt hatte. Eier zu trennen war ein Kapitel aus *Kochen für Doofe*. Er versuchte es noch einmal, doch als er das Ei aufschlug, zerbrach es ihm in der Hand. Er spürte Schweißperlen auf der Oberlippe und leckte sie weg.

Bei der Zubereitung der blassgelben, cremigen Vanillesoße passte er auf wie ein Schießhund. Mit einem Probierlöffel versuchte er ein wenig. Glatt, wunderbar im Geschmack, seidig, leicht und nicht zu Ei-intensiv. Zufrieden löffelte er sie in eine saubere Glasschüssel, deckte sie zu und stellte sie in einen der Kühlschränke.

Cyril hatte ungefähr zehn Minuten eingeplant, um die Zutaten für seine Suppe und das Gratin zu zerkleinern. Zwiebeln, Sellerie, Knoblauch und natürlich Karotten. Er schnibbelte sorgfältig, langsam, konzentriert. Kitty Woo kam vorbei, um sich seine Arbeitsweise anzuschauen. »Nicht schlecht«, sagte sie. Cyril antwortete nicht. Er konnte kaum glauben, dass tatsächlich *sie* es war, die es gesagt hatte.

Hinter ihr stand Rammstein und brummte: »Junger Mann, Ihr Sirup kocht noch.«

Cyril fuhr herum. *Nein!* Er schaltete die Platte aus und stellte den Topf rasch auf ein Küchentuch auf der Arbeitsplatte. Doch die Zuckerlösung, die einmal klar gewesen war, war nun wolkig. Und sie rauchte.

Denk nach! Denk nach! Cyril wusste, dass er das Ganze retten konnte, indem er eine Karamellsoße daraus machte. Er spurtete zum Kühlschrank und holte Sahne heraus, riss den Becher auf und schüttete den Inhalt – viel zu schnell – in den Sirup. »Schneebesen!«, rief er und griff nach seinem Schneebesen, an dem noch Vanillesoße klebte. Er steckte ihn in die Karamellmasse. Der Schneebesen ließ sich nicht bewegen. Cyril schaute Rammstein an, der den Kopf schüttelte und Kitty Woo etwas ins Ohr flüsterte. Cyril stellte das Karamell beiseite und wandte sich wieder seinem Gemüse zu, um nachzudenken. Rübchen, Kartoffeln, Pastinaken.

Mitten in seinem zweiten Rübchen rutschte Cyril das Messer ab. Nach dem, was er sich bereits geleistet hatte, sollte er wenigstens die Augen aufmachen. Er ließ das Messer fallen und griff hektisch nach dem Küchentuch, das er im Schürzenbund stecken hatte. Bis er es sich um den Finger gewickelt hatte, war sein halbes Schneidbrett rot. Es tat nicht weh, aber das Blut schoss nur so aus der Wunde.

»Bartholomew!« Cyril schaute nicht auf. Er drückte das Küchentuch auf seinen um einen Millimeter verkürzten Zeigefinger und stolperte zum Waschbecken. Rammstein kam mit einem Erste-Hilfe-Koffer auf ihn zugelaufen. »Bartholomew!«

»Alles okay. Nichts passiert.«

Rammstein verband Cyrils Finger sorgfältig, wobei er

die ganze Zeit auf ihn einredete. »Es ist sehr wichtig, vorsichtig mit einem Messer umzugehen. Ich kann das gar nicht oft genug sagen. Nicht nur, dass es unhygienisch ist, es ist auch nicht gut für Ihre Finger und andere Extremitäten. Hören Sie mir überhaupt zu?«

»Ja, Sir.«

»Ihr Finger heilt wieder. Ach, übrigens, Bartholomew, ist das eine neue Charlotten-Variante, die Sie da machen?«

»Nein, weshalb?«

»Weil eine Charlotte etliche Stunden braucht, bis sie gut durchgezogen ist. Doch wenn Sie das Rezept ausprobiert haben, ist es sicher akzeptabel.« Damit drehte er sich um.

Cyril konnte es nicht glauben. Er war wie vom Donner gerührt. *Er nimmt mich auf den Arm. Wie lang könnte sie denn brauchen?* Vielleicht sollte er besser im Rezept nachschauen. *»Mindestens sechs Stunden im Kühlschrank durchziehen lassen.«*

Er rieb sich die Augen. Bestimmt hatte er nicht richtig gelesen. *»Mindestens sechs Stunden im Kühlschrank durchziehen lassen.«*

Aber die ganze Prüfung dauert doch nur drei Stunden.

»Mindestens sechs Stunden im Kühlschrank durchziehen lassen.«

Nein.

In diesem Moment rutschte ihm die Kochmütze vom Kopf, landete auf seiner Schulter und fiel von dort auf den Boden. Es war nur ein leises Sssssh zu hören, als sie hinunterfiel, doch in Cyrils Ohren klang es wie das

Brausen eines Hurrikans. Er konnte es nicht fassen. Es war ihm unerklärlich. Er hatte mindestens vier der Grundregeln nicht beachtet: Er hatte ein ihm nicht vertrautes Gericht gewählt, sein *mise-en-place* war nicht vollständig gewesen, er hatte unvorsichtig mit dem Messer hantiert und dann auch noch das Rezept nicht bis zum Ende durchgelesen. Er war geschockt. Es war unglaublich. Der wichtigste Tag seines Lebens war damit zu Ende. Und er hatte ihn vermasselt. Wie sollte er Alice jemals wieder gegenübertreten? Seiner Mutter? Sich selbst?

Cyril drehte die Gasflammen ab, sammelte seine Kochutensilien ein und verließ die Küche, ohne die Gerichte fertig gekocht zu haben.

Niemand rief ihn zurück.

Birnen-Charlotte

(Mindestens sechs Stunden im Kühlschrank durchziehen lassen. Mindestens sechs Stunden im Kühlschrank durchziehen lassen. Mindestens sechs Stunden im Kühlschrank durchziehen lassen.)

Vanille-Füllung

- ☛ 2 Esslöffel kaltes Wasser
- ☛ 1 Päckchen weiße Gelatine
- ☛ 1 Tasse Vollmilch
- ☛ 1 Vanilleschote
- ☛ 4 Eigelb
- ☛ ½ Tasse Zucker
- ☛ 1 Tasse Schlagsahne

1. Löse die Gelatine in einer mittelgroßen Glasschüssel in ½ Tasse Wasser auf und stelle sie beiseite.
2. Erwärme die Milch in einem kleinen Topf, bis sie anfängt zu sieden. Halbiere die Vanilleschote, kratze das Mark in die Milch und rühre es unter.
3. Schlage in einer großen Schüssel mit einem hölzernen Kochlöffel die Eigelbe und den Zucker, bis die Masse glatt und cremig ist.
4. Gieße die Milch langsam in einem dünnen Strahl über die Eimasse und rühre gleichzeitig kräftig um. Wenn du die Milch zu schnell eingießt, stockt das Eigelb. Du willst aber eine glatte, dickliche Masse.
5. Stelle die Schüssel auf einen niedrigen Topf mit leicht köchelndem Wasser und rühre so lange, bis die Masse dick und glatt ist.

6. Nimm die Schüssel wieder herunter und rühre die Gelatine hinein. Sie muss sich vollständig auflösen. Lass das Ganze unter gelegentlichem Rühren abkühlen.
7. Stelle die Creme 1 Stunde in den Kühlschrank. Kurz bevor du sie wieder herausnimmst, schlägst du die Sahne sehr steif.
8. Hebe die geschlagene Sahne vorsichtig unter die Vanillecreme und stelle sie zurück in den Kühlschrank.

Pochierte Birnen

- 1 Tasse Wasser
- 2 Tassen Zucker
- 6 kleine Williams Christbirnen

1. Löse den Zucker im Wasser in einem mittelgroßen Topf unter ständigem Rühren mit einem Schneebesen bei mittlerer Hitze auf.
2. Schäle die Birnen, aber lass jeweils 4 senkrechte Schalenstreifen stehen. Halbiere die Birnen der Länge nach. Entferne das Kerngehäuse und den Stiel.
3. Lege die Birnenhälften in den Topf mit dem Sirup. Achte darauf, dass jede Hälfte mit dem Sirup überzogen ist.
4. Lege den Deckel auf den Topf und koche die Birnen 10 bis 15 Minuten, bis sie weich sind. Hebe sie mit einer Schaumkelle heraus. Den Sirup nicht wegschütten, du brauchst ihn noch.
5. Schneide die Birnenhälften in dünne Spalten. Die Hälften, die am besten aussehen, lässt du ganz.

Fertigstellen der Charlotte

- den abgekühlten Sirup der Birnen
- 2 Esslöffel Brombeergelee ohne Kerne (Erdbeergelee oder ein anderes Gelee ohne Kerne ist auch lecker)
- 2 Packungen Löffelbiskuits
- Puderzucker

1. Löse das Gelee bei mittlerer Hitze unter Rühren in dem Sirup, in dem die Birnen gekocht wurden, auf. Stelle es zum Abkühlen zur Seite.
2. Bestreiche die Löffelbiskuits mit einem Küchenpinsel mit dem Gelee-Sirup. Sie sollen feucht sein, aber nicht durchgeweicht. Lege Boden und Rand einer speziellen Charlottenform oder einer Springform mit den Löffelbiskuits aus.
3. Verteile eine Lage Birnenspalten auf dem Boden der Charlotte und streiche etwas von der Vanillecreme darauf. Als Nächstes kommt wieder eine Lage Birnenspalten, dann Creme, bis die Birnenspalten aufgebraucht sind.
4. Arrangiere zum Schluss die Birnenhälften so auf der Charlotte, dass es hübsch aussieht, und verteile die restliche Creme in den Zwischenräumen.
5. Stelle die Charlotte zum Durchziehen 6 Stunden in den Kühlschrank. (Sechs, verdammt noch mal!)
6. Bestäube die Charlotte vor dem Servieren leicht mit Puderzucker.

Zuckerbrot-Doppeldecker

Nachdem Cyril seine Aufnahmeprüfung am AICA verpatzt hatte, konnte er nur noch eines tun: sich mit Zuckerbrot voll stopfen.
Er war gerade mal zehn Minuten zu Hause, da holte er eine Packung von dem geschnittenen Lieblings-Weißbrot seines Vaters aus dem Schrank und reihte sämtliche 19 Scheiben vor sich auf. Dann strich er reichlich Butter auf jede Scheibe, weiche, geschmeidige Butter, die er direkt neben dem Herd in einer Butterdose stehen hatte, die so alt war wie das Haus. Dann löffelte er Zucker auf alle Scheiben und klappte jeweils zwei Scheiben mit schnellen Bewegungen zusammen. Das übrig gebliebene Stück aß er zuerst. Er klappte es in der Mitte zusammen und hatte es mit zwei Bissen verdrückt, ohne etwas davon zu schmecken. Seinen ersten Doppeldecker verspeiste er genüsslich. Er biss zuerst rundum die Krusten ab und kaute sie langsam. Dann nahm er einen großen, köstlichen Bissen von dem weichen, süßen Inneren. Ein hämisches Grinsen trat auf sein Gesicht. *Jede Wette, dass sie einem das am AICA nicht beibringen.*
Gerade als er den zweiten Bissen nehmen wollte, ging quietschend die Hintertür auf und Nick stürmte herein, einen ausgesprochen dämlichen Ausdruck auf dem Gesicht. »Ausflug!« Er packte Cyril bei den

Schultern. »Herzlichen Glückwunsch, Mann! Sie haben einen 24-stündigen Gourmet-Trip nach New York gewonnen, der Sie keinen Cent kostet. Komm, lass uns gehen!«

»Was? Warum? Was redest du da?«

»Wir feiern! Du hast es geschafft, Mann. Wir futtern ganz New York leer !«

»Es gibt nichts zu feiern.« Cyril klang so niedergeschlagen, wie er sich fühlte.

»So schlimm?« Nick war jetzt ernst.

»Noch schlimmer.«

»Ein Grund mehr!«, rief Nick. »Du bist frei! Los, wir machen einen drauf!«

»Nick, ich kann nicht. Meine Eltern sind in Massachusetts bei meiner Großmutter. Sie haben mir kein Geld dagelassen, und was ich hatte, habe ich für das Vorkochen ausgegeben«, protestierte Cyril.

»Jetzt halt mal die Luft an, du hast hier schließlich einen reichen Freund. Ich kriege das schon geregelt. Außerdem schulde ich dir noch was. Okay?«

Cyril fand keinen Grund mehr, abzulehnen. Und seltsamerweise freute er sich plötzlich. »Weißt du, was?«, sagte er. »Die können mich alle mal. Ich nehme dein Angebot an! New York, wir kommen!«

Klar, so hatte er sich seinen ersten richtigen Ausflug nach New York nicht unbedingt vorgestellt, aber in letzter Zeit klappte ja nichts mehr so, wie er es sich vorgestellt hatte. Er flitzte durchs Haus, um das Notwendigste zusammenzuklauben, und dann saß er auch schon mit Nick im Zug und fuhr den Hudson hinunter.

New York war genau so, wie Cyril es sich vorgestellt hatte: Wolkenkratzer, Neonlichter, schöne Menschen und Essen in so vielen Variationen, wie man es sich nur vorstellen konnte. In Chinatown aßen er und Nick Dim Sum, Zeppoli in Little Italy, Muscheln und Fritten im Meatpacking District. Auf einem Markt in SoHo kauften sie Mozzarepa, im Veselka im East Village Piroggen und im Chelsea Market in Chelsea Hummerbrötchen. Cyril glich einem draufgängerischen Jungen im Freizeitpark. Er war überwältigt und konnte doch nicht genug kriegen.
Die Nacht verbrachten sie bei einer Bekannten von Nick in der Lower East Side, einem Mädchen mit zwei Zungenpiercings und drei Weimaranern. Die Prüfung am AICA war für Cyril bald nur noch eine vage Erinnerung und die New Hyde Park High School Fiktion. Doch während eines wunderbar fettigen Brunchs mit zu weichen Eiern, Bratkartoffeln und Kaffee, so viel man wollte, läutete Nicks Handy, was Cyril daran erinnerte, dass es auch noch eine Welt außerhalb ihrer Fressorgien gab.
»Hallo? Heute Abend. Wann passt es dir? Okay. Ciao.«
»Wer war es?«, erkundigte sich Cyril und tunkte gebutterten Toast in sein Eigelb.
»Niemand. Wie schmecken dir die Eier?«
»Wunderbar. Alles in dieser Stadt ist einfach wunderbar. Ist dir aufgefallen, wie leicht die Piroggen gestern Abend waren? Und trotzdem vollkommen im Geschmack.« Es machte Cyril nichts aus, dass seine kuli-

narischen Beobachtungen an Nick gänzlich verloren waren. Es machte ihm trotzdem Spaß, sie mitzuteilen. »Und die Muscheln! Ich habe noch nie so frische Meeresfrüchte gegessen. Ein Unterschied wie Tag und Nacht. Und wie hießen noch einmal diese Maisfladen mit Käse? Mozzarepa? Hmmmm! Und die Dim Sum mit der Brühe in den Klößchen. Wow!« Seine Gedanken schweiften ab und er murmelte: »Rose wäre begeistert gewesen. Zu schade, dass sie nicht mehr mit mir spricht.« Er rang sich ein Lachen ab, aber selbst er merkte, wie erzwungen es klang.

»Mach dir deshalb keine Gedanken, Mann«, sagte Nick. »Es wird alles gut, glaub mir.«

»Klar«, sagte Cyril und wunderte sich insgeheim, wie unbedarft Nick doch manchmal sein konnte.

Dann läutete Cyrils Handy.

»Hallo?«

»Cyril?« Es war Alice. Cyrils Magen schlug einen Purzelbaum.

»Alice, ich –«

»Sag jetzt nichts, Cyril. Ich weiß nicht genau, was gestern im Institut passiert ist, und ich bin nicht mal sicher, ob ich es so genau wissen will. Aber Kitty Woo war heute Morgen bei mir im Laden, sodass ich eine Seite der Geschichte gehört habe. Sie sagte übrigens, dass sie noch nie eine so gute Vanillecreme gegessen hätte.«

Cyril sagte nichts.

»He, warte, bevor ich es vergesse. Es war noch jemand da heute Morgen. Ein Mädchen namens Rose. Ich nehme an, du kennst sie, oder, Cyril?«, neckte Alice.

»Rose? Rose war da?« Cyril schaute zu Nick hinüber. »Was wollte sie denn? Ich dachte, sie sei krank.«

»Nun, krank hat sie mir nicht ausgesehen. Aber sie war sehr redselig. Offensichtlich ein Neuling, was das Kochen betrifft. Sie hatte jede Menge Fragen zu dem Rezept, das sie ausprobieren wollte. Küchentisch-Kekse. Ich fand das seltsam, weil du der Einzige bist, der je von Küchentisch-Keksen geredet hat. Ich habe mir mehr oder weniger ein Rezept für sie ausgedacht.«

Cyril schaute Nick mit zusammengekniffenen Brauen an. Natürlich. Rose wollte die Kekse für Nick backen. Der Anruf vorhin musste von ihr gekommen sein. Sie und Nick waren wieder zusammen. Sie würde ihm die Kekse am Abend geben. Und mit dem Ausflug nach New York wollte Nick es ihm schonend beibringen. Oder irgend so etwas. Cyril legte seine Gabel weg. In ihm begann es, zu brodeln.

»Aber zurück zu den wirklich wichtigen Dingen«, fuhr Alice fort. »Ich hatte heute Morgen noch diese eine Flasche Wein, einen 1985er Côtes du Rhône auf dem Tresen stehen. Sie ist ziemlich teuer und ich habe einen kleinen Deal mit der Woo gemacht. Sie gibt dir eine zweite Chance, auf mein Ehrenwort hin, dass es den Aufwand wert ist. Du hast einen extra Termin zum Vorkochen am Montag, Punkt zwölf. Du wirst nicht in die Schule gehen können.«

»Was?«, rief Cyril. »So etwas machen die nicht am AICA. Außerdem kann ich nicht den Unterricht schwänzen.«

»Jetzt machen sie es. Es ist erstaunlich, was man mit einer ausgezeichneten Flasche Wein alles erreichen kann. Aber dieses Mal tust du es nicht nur für dich, Cyril, sondern auch für mich. Und du kannst sehr wohl einen Tag den Unterricht schwänzen. Du darfst es dieses Mal nicht vermasseln, sonst ist mein Ruf in dieser Stadt beim Teufel. Danken kannst du mir später. Ich habe Kundschaft.« Damit legte sie auf.

»Nick«, sagte Cyril. Er war völlig konfus. »Wir müssen nach Hause.« Er gab dem Kellner ein Zeichen, dass er die Rechnung bringen solle. »Alice hat es fertig gebracht, dass ich die Prüfung noch einmal machen kann.«

»Das ist ja super, Mann!« Nick legte seine Gabel weg und schaute in seinen Fahrplan. »Lass sehen, der nächste Zug fährt um ... hm ... 17.48 Uhr. Wir haben noch Zeit für ein Essen vom Tischgrill in Koreantown und für Falafel-Sandwiches bei Mahmoun im Village!«

»Lass gut sein, Mann. Mir ist wirklich nicht mehr nach Essen.«

»Aber, Cyril, das muss doch gefeiert werden! Ich wette, sie lassen nicht jeden ein zweites Mal antreten. Wahrscheinlich geben sie dir nur eine zweite Chance, weil du etwas Besonderes bist und weil sie das wissen. Los, lass uns essen.«

Cyril hätte sich von Nicks Worten gern mitreißen lassen, doch er war zu wütend. Warum hatte Rose Nick vergeben und ihm, Cyril, nicht?«

»Ich habe Nein gesagt, Mann.«

Nur indem er nicht mehr mit Nick sprach, gelang es Cyril, nicht zu explodieren. Und Nick schien zu verstehen. Also fuhren sie schweigend den ganzen Weg nach Hause.

Zuckerbrot-Doppeldecker

- ☛ 2 Scheiben Weißbrot
- ☛ nicht zu harte Butter
- ☛ Zucker

1. Bestreiche beide Brotscheiben mit Butter.
2. Bestreue beide Brotscheiben mit Zucker.
3. Klappe die beiden Brotscheiben zusammen. Iss.
4. Wiederhole den Vorgang so oft wie nötig. (Dabei kann eine ganze Packung Brot draufgehen. Das sind dann ca. 9½ Doppeldecker, je nach Packungsgröße.)

Küchentisch-Kekse (Wiederholung)

»Treffen wir uns später noch bei McDonald's?«, fragte Nick. Er prüfte im Rückspiegel des Shadow, ob noch Essensreste zwischen seinen Zähnen hingen.
Es war Viertel vor acht am Sonntagabend, als Nick in Cyrils Einfahrt bog, und Cyril wollte sich möglichst schnell an die Arbeit machen.
»Nein, danke«, antwortete er deshalb. »Ich habe zu tun.«
»Nicht mal für eine Kleinigkeit?«
»Hm, korrigiere mich, wenn ich falsch liege, aber wir haben gerade zwei ganze Tage miteinander verbracht und nichts anderes getan als gegessen.«
Außerdem: Warum war es Nick so wichtig? Vielleicht wollte er ihm die Neuigkeit bezüglich Rose und ihm bei McDonald's erzählen.
»Aber irgendwann wirst du doch mal eine Pause machen wollen.«
»Vielleicht morgen, Nick«, erwiderte Cyril rasch und lief zur Haustür. Nick fuhr aus der Einfahrt. Wahrscheinlich holte er jetzt Rose ab. Doch Cyril konnte es sich nicht leisten, darauf Energie zu verschwenden. Er musste sich konzentrieren.
Da er wusste, dass die Nacht lang werden würde, kochte er sich erst einmal einen starken Kaffee. Er

quälte sich durch eine Schokoladentorte ohne Mehl (zu süß), dann eine Apfel-Tarte (macht nicht genug her), dann ein Nuss-Dessert (dauert zu lang). Nichts funktionierte, nichts passte. Alles war meilenweit davon entfernt, perfekt zu sein.

Mitten in einem Kirsch-Dessert läutete das Telefon. Cyril war in Zone K. und hörte nur mit halbem Ohr hin, als der Anrufbeantworter sich einschaltete.

»Cyril! Geh ran! Geh ans Telefon, Mann! Jamie ist auch da.« Es war Nick.

»Hu-hu!«, rief Jamie im Hintergrund. »Es ist der Küchentisch-Kekse-Mann!«

»Komm schon, Cyril, geh dran. Okay, Mann, wir sind bei McDonald's.« Seine Stimme wurde leiser, klang näher, gedämpft. »Du musst herkommen. Im Ernst. Da ist jemand, mit dem du ganz bestimmt gern reden würdest. Ruf zurück.« Damit legte er auf.

Einen Augenblick lang schaute Cyril den Anrufbeantworter an. Warum war Jamie bei Nick und nicht Rose? Und wer war der »Jemand«, von dem Nick gesprochen hatte? Doch Cyril hatte keine Zeit, länger über diese Fragen nachzugrübeln. Er musste sich ganz auf seine Prüfung konzentrieren.

Er wandte sich wieder seinem flambierten Kirsch-Dessert zu, das inzwischen aussah wie ein Preiselbeer-Dessert. Zu riskant. Und dazu noch viel zu bombastisch.

Angewidert fuchtelte er in der Luft herum. Vielleicht sollte er das Ganze vergessen. Vielleicht sollte er einfach zu McDonald's fahren. Nichts wurde einem geschenkt. Vielleicht war sein Talent mit seinem Herzen gebrochen. Er trank noch eine Tasse Kaffee, jetzt mit Eis.

Alices Worte kreisten in seinem Kopf: *Tritt einen Schritt zurück. Zuckerbrot. Du bist ein unglaublich guter Koch. Vielleicht der beste, dem ich je begegnet bin.*

Cyril schloss die Augen; ein verzweifelter Versuch, einen klaren Kopf zu bekommen. Er war gut genug, das wusste er – wenn nur Rose beim Frühstück nicht auf Nicks Handy angerufen hätte. Dann könnte er sich jetzt konzentrieren.

Wieder läutete das Telefon. Cyril wartete, bis der Anrufbeantworter sich einschaltete. »Mann, geh ran!« Es war Nick. Er kapierte es einfach nicht. Aber er hatte sich auch noch nie auf eine Prüfung an einer berühmten Kochschule vorbereiten müssen. Nun, vielleicht musste Cyril dann beim Kapieren ein wenig nachhelfen.

Er lief zum Telefon und nahm den Hörer ab. »Nick, wir reden morgen, ja?« Damit legte er auf. Wenn Cyril vielleicht etwas grob war, dann nur, weil Nick schwer von Begriff war.

Das Telefon klingelte zum dritten Mal. Cyril beschloss, es zu ignorieren.

»Cyril.« Es war Rose und sie sprach sehr leise. Sein Herz hüpfte an die Decke, doch sein Körper hielt den Rest von ihm auf der Couch fest. »Ich wollte mich nur für die Suppe bedanken. Ja, also. Ciao. – Warte.« Er hörte sie zweimal tief atmen. »Wirklich, Cyril, die Suppe hat Wunder gewirkt.« Sie legte auf.

Cyril war wie gelähmt. Er wollte den Hörer abnehmen. Er wollte Rose sofort zurückrufen, auch wenn sie es nicht gesagt hatte. Aber wenn er mit Rose sprach, würde er wieder anfangen an sie zu denken, und wenn er anfangen würde an sie zu denken, würde er auch wieder anfangen sie zu lieben. Und wenn er wieder anfinge sie zu lieben, würde er sich nur neuen Enttäuschungen aussetzen. Und bei Enttäuschung plus Prüfung war die Katastrophe garantiert.

In dieser Nacht klingelte das Telefon nicht mehr. Und Cyril öffnete die Augen erst wieder, als es draußen hell war. Er sprang von der Couch auf und schaute auf die Uhr. Viertel nach zehn! Der Kaffee hatte nicht gewirkt. Er hatte die ganze Nacht und den halben Vormittag durchgeschlafen. »Nicht noch einmal«, brüllte er.

Er sah sich in der Küche um. Das reinste Katastrophengebiet. Auf der gesamten Arbeitsfläche zerdrückte Kirschen und gehobelte Schokolade und auf jeder anderen Oberfläche eine dicke Mehlschicht. Vor allem auf dem Boden. Von dem Spülbecken voll schmutzigem Geschirr ganz zu schweigen. Cyril war fix und fertig. Nur noch eine Stunde bis zu seiner Prüfung und alles war ein einziges Durcheinander. Und er hatte keine Nachspeise.

Er wählte Alices Nummer. Sie würde Rat wissen. Er brauchte zwei Anläufe, bis er die richtige Nummer eingetippt hatte, doch sie nahm nicht ab. Er hinterließ eine verzweifelte Nachricht: »Alice, bitte ruf mich an!«

Er lief ins Bad und schnappte sich seine Zahnbürste. Beim Zähneputzen dachte er an Roses Nachricht vom vergangenen Abend. Sie erschien ihm wie ein Traum. Hatte sie wirklich angerufen? Er ging in die Küche und hörte die Nachricht noch einmal ab. »Die Suppe hat Wunder gewirkt.« Und noch einmal. Cyril spürte plötzlich eine innere Wärme, eine Wärme, die sich fast wie Mut anfühlte.

Bedeutete dies, dass Rose bereit war mit ihm zu reden? Oder wollte sie sich einfach nur bedanken und fertig? Aber eigentlich spielte es gar keine so große Rolle. Hauptsache, es ging ihr besser.

Cyril fuhr sich mit dem Kamm durchs Haar, zog sich um, schnappte sich eine Jacke und fand seine Tasche mit dem Kochzubehör. Er brauchte immer noch ein Dessert, aber vielleicht hatte er ja unterwegs eine Eingebung.

Bei einem Supermarkt auf halbem Weg hielt er an, um sich einen Energieriegel zu kaufen. Er hatte Hunger. Doch als er an der Kasse stand, merkte er, dass er in seinem morgendlichen Tran eines von Nicks XL-Kapuzenshirts erwischt hatte anstatt seine Jacke. *Mist!* Kein Geld in der Tasche, nur eine zerknitterte Papiertüte.

Er verließ den Laden wieder und öffnete die Tüte. Darin lag ein angebissener Küchentisch-Keks. Ohne nachzudenken, biss er hinein. Es war kräftig im Geschmack, süß und gleichzeitig zart und elegant. Selbst nachdem es wer weiß wie lang in dieser Tüte gelegen hatte.

Cyril schloss die Augen und schluckte den Rest hinunter. Und plötzlich war die Welt eine andere.
Küchentisch-Kekse! Das war's! Er würde für die Jury Küchentisch-Kekse backen und sie mit Vanilleeis und heißer Schokolade aufpeppen. Das konnte er mit geschlossenen Augen machen. Es war perfekt. Und er wusste, dass alle Welt seine Kekse liebte. Von seinem Handy aus rief er Alice an. »Alice!«, rief er, als sie abnahm. »Küchentisch-Kekse!«
»Was?«
»Küchentisch-Kekse! Sie sind mein Zuckerbrot! Wünsch mir Glück!« Und damit legte er auf.
Cyril erschien zum Vorkochen voller Zuversicht. Er wusste, dass die Prüfer Vorbehalte gegen ihn hatten, doch damit konnte er umgehen. Er erwiderte Rammsteins missbilligende Blicke, ohne zu zwinkern, tanzte durch die Küche wie ein Broadway-Star und machte sich an die Arbeit.

Alles war bestens. Sein Fisch in der Salzkruste war saftig, seidig und optimal gewürzt. Das Gratin aus Wurzelgemüse war knackig, wo es knackig sein sollte, ansonsten cremig-zart und durch und durch aromatisch.
Doch die Küchentisch-Kekse – die Küchentisch-Kekse ließen jedes einzelne Mitglied der Prüfungskommission vor Entzücken seufzen. Sie waren außen knusprig, innen weich, unvergleichlich im Geschmack und voller Wärme.
»Ich bin reif für ein Nickerchen«, sagte Kitty Woo,

nachdem sie Cyrils Dessert probiert hatte. Das ist, wie jeder Koch weiß, eines der größten Komplimente. Cyril wusste, dass er die Aufnahmeprüfung bestanden hatte. Er packte gerade strahlend seine Sachen zusammen, als sein Handy läutete.

»Herzlichen Glückwunsch, Meisterkoch«, sagte Nick. »Wie ist es dieses Mal gelaufen?«

»Ich hab's richtig krachen lassen, Superstar.«

»Wusste ich doch. Du bist einfach spitze.«

Cyril verließ das AICA durch den Haupteingang, fettig, mehlig und zerknittert. Mit zusammengekniffenen Augen schaute er über den Parkplatz, atmete die saubere, kühle Luft ein und versuchte sich zu erinnern, wo sein Wagen stand.

Als er die Eingangstreppe hinunter auf den Parkplatz ging, fiel ihm schließlich wieder ein, wo er geparkt hatte – am anderen Ende, auf den für Angestellte reservierten Plätzen. Und da stand mit einem breiten Lächeln, in einem weiten weißen Rollkragenpullover, mit Hornbrille und straffem Pferdeschwanz Rose. Sie wippte neben dem Volvo ihrer Mutter auf und ab und sah aus wie die Goldmarie persönlich. In der Hand hielt sie einen Teller, auf dem etwas lag. Neugierig machte Cyril einen kleinen Schritt auf sie zu. Der Weg war weit bis zu ihr und er war nicht sicher, was ihn erwartete. Aber sie lächelte, gar zu schlimm konnte es also nicht sein.

»Hi«, sagte er mit gesenktem Kopf, als er vor ihr stand.

Rose hielt ihm den Teller hin. »Möchtest du einen Keks?«
Cyril lächelte und nahm einen. Und obwohl er nicht das komplexe Aroma seiner eigenen Küchentisch-Kekse hatte, war es der beste Keks, den er je gegessen hatte.
Sie nahm sein Gesicht in ihre Hände. »Cyril, du bist wunderbar.« Und sie küsste ihn, mitten auf den Mund. Cyril verschlug es den Atem und sein Herz hüpfte ihm aus der Brust. Sie hatte ihn geküsst! Rose Mulligan hatte ihn geküsst! Und *richtig* geküsst. Und obwohl der Kuss vollkommen unerwartet gekommen war, machte doch alles Sinn.
Rose trat etwas zurück und schaute ihn an. »Nick hat mir erzählt, was du gemacht hast.« Sie zeigte auf den Shadow, der ebenfalls auf dem Parkplatz stand. Darin saßen zwei Personen eng umschlungen, doch Cyril hätte nicht sagen können, wer die beiden waren. Die eine war wahrscheinlich Nick, doch die andere?
»Ist das Nick?«, fragte er.
»Klar.«
»Und – äh – wen hat er dabei?«
Rose lachte. »Jamie. Sag bloß, du hast das nicht kommen sehen?«
Cyril schwirrte der Kopf. »Dann findest du es also okay, dass die beiden jetzt ein Paar sind?«
»Ob ich es okay finde? Ich bin richtig glücklich darüber. Aber lassen wir die beiden. Wie ist die Aufnahmeprüfung gelaufen?« Sie lächelte übers ganze Gesicht. »Du hast es denen da drin gezeigt, stimmt's?«

»Ich, äh, ich denke, es lief ganz gut.« Cyril schaute auf seine Füße.
»Du wirst ja rot!« Sie lachte. »Er hat's geschafft!«, brüllte sie zu Nick und Jamie hinüber. Die winkten, ohne sich unterbrechen zu lassen.
Rose schwang sich auf die Motorhaube des Volvo, ließ die Beine baumeln und zog Cyril am Sweatshirt zu sich heran. »Cyril. Deine Suppe. Ich habe danach einen ganzen Tag und eine Nacht geschlafen. Und als ich aufwachte, habe ich nur noch dich gesehen.«
Cyril konnte nicht glauben, dass ihm das passierte. »Ich – ich –« Er wusste nicht, was er sagen sollte.
Rose legte einen Finger auf seine Lippen und brachte ihn zum Schweigen. »Keine Erklärungen.« Sie legte den Kopf an seine Schulter. Passte wie angegossen. »Ich weiß nicht genau, was passiert ist, und auch nicht, warum«, sagte sie leise, »aber ich sehe dich jetzt mit anderen Augen. Du bist genau das, was ich brauche. Und Jamie ist genau das, was Nick braucht. Und an diesem Abend mit den ganzen Aphrodisiaka? Ich glaube, ich habe da nicht nur geflirtet, um dich zum Reden zu bringen. Ich glaube, ich habe auch um des Flirtens willen geflirtet.«
»Es tut mir Leid, Rose, ich wollte dir nie wehtun.«
»Keine weiteren Entschuldigungen«, sagte Rose. »Von jetzt an gibt es nur noch Küchentisch-Kekse.« Sie hielt ihm erneut den Teller hin. »Wie wär's?«
Cyril war sich nicht sicher, ob sie einen Kuss oder einen Keks meinte. Also gab er ihr beides.

Küchentisch-Kekse

(Siehe Seite 14. Schmecken immer gleich gut, ob sie für jemand ganz Besonderes sind oder für jemand ganz Besonderes.)

Boyz'n' Girls

Katherine Applegate

Bereits erschienen:

Alles wegen Zoey *Band 1*
Trouble mit Jake *Band 2*
Nina, heimlich verliebt *Band 3*
Ben, total verknallt *Band 4*
Typisch Claire *Band 5*
Zoey flippt aus *Band 6*
Lucas – Liebe mal zwei *Band 7*
Aisha steht Kopf *Band 8*
Zoey spielt mit dem Feuer *Band 9*
Nina hat's getan *Band 10*
Bens große Chance *Band 11*
Claire will`s wissen *Band 12*
Eine Rivalin für Zoey *Band 13*
Aaron lässt nicht locker *Band 14*
Kate völlig verzaubert *Band 15*
Lara gibt nicht auf *Band 16*
Aisha Liebe im Doppelpack *Band 17*
Zoey kann nicht schweigen *Band 18*
Kate verrückt vor Liebe *Band 19*
Lara spielt falsch *Band 20*
Aaron kann´s nicht lassen *Band 21*
Zoey darf es nie erfahren *Band 22*
Triumph für Lara *Band 23*
Zoey will die Wahrheit wissen *Band 24*
Laras letztes Spiel *Band 25*

Jeder Band mit Love-Message-Karte